魏晋南北朝文学发展研究

董 萌 ◎ 著

北京工业大学出版社

图书在版编目（CIP）数据

魏晋南北朝文学发展研究 / 董萌著．— 北京：北京工业大学出版社，2018.12（2021.5重印）

ISBN 978-7-5639-6599-1

Ⅰ．①魏⋯ Ⅱ．①董⋯ Ⅲ．①中国文学－古典文学研究－魏晋南北朝时代 Ⅳ．① I206.35

中国版本图书馆CIP数据核字（2019）第022262号

魏晋南北朝文学发展研究

著　　者：董　萌
责任编辑：刘卫珍
封面设计：晟　熙
出版发行：北京工业大学出版社
　　　　　（北京市朝阳区平乐园100号　邮编：100124）
　　　　　010-67391722（传真）　　bgdcbs@sina.com
经销单位：全国各地新华书店
承印单位：三河市明华印务有限公司
开　　本：787毫米×1092毫米　1/16
印　　张：8.25
字　　数：165千字
版　　次：2018年12月第1版
印　　次：2021年5月第2次印刷
标准书号：ISBN 978-7-5639-6599-1
定　　价：39.80元

版权所有　　翻印必究

（如发现印装质量问题，请寄本社发行部调换 010-67391106）

前　言

魏晋南北朝是指东汉建安年代到隋朝统一约 400 年的历史时期，这一历史时期由于国家分裂，政局比较动荡，以致政治腐败，经济衰落，人民生活苦不堪言。而政局的动荡又导致了集团间的权力之争，许多有志之士怀才不遇，甚至遭受杀身之祸。在绵延四百多年的魏晋南北朝时期中，除了西晋曾有数十年短暂的统一外，其余绝大部分时间都处于分裂状态。即使是西晋，也未曾出现过社会安定、经济繁荣、"国泰民安"的"盛世"景象。可以说，这四百多年基本上是"衰世"时期。与此前的汉代、此后的唐代相比，它确实只是两大统一强盛帝国之间的"中间时期"。从文学史上看，与声势煊赫的汉、唐文学比较，此时期的文学总体上确实显得不那么声势浩大、规模壮阔，引人注目的程度自然稍逊一筹。但此后，魏晋南北朝文学研究逐渐引起学界的重视，研究者们在前人积累的成果、方法的基础上开始探索，努力完善研究内容。

魏晋南北朝是文学的自觉时代，是文学理论、文学批评相当繁荣的时期。这时人们的文学意识随着频繁的更朝换代而不断地发生变化。如建安时期表现了强烈的个体生命意识，两晋时期突出表现了玄理哲思，同时又表现出多种艺术审美追求。元嘉之后，人们逐渐追求形式美，刘勰文学思想含蓄丰富，南朝与北朝又展示了人们不同的文学意识与审美追求。本书基于对魏晋南北朝文学的发展研究，通过对该时期各历史阶段的文学概况、文学思想、文学现象、文学作品以及重要作家及作品进行分析，探索这一历史时期各种文体流变发展的线索，探讨其重要文学阶段、文学集团的主要成员及其创作风格，剖析厘清魏晋南北朝时期文学与社会历史生活的关系等。

作者在撰写本书的过程中参考了大量的文献资料，并引用了有关专家学者的研究成果，在此一并表示感谢。由于作者的水平有限，加之时间较仓促，书中不足之处在所难免，恳请同行专家学者斧正。

目 录

第一章 魏晋南北朝的历史和文学发展概况 ………………………… 1
第一节 魏晋南北朝的历史概况 ………………………………………… 1
第二节 魏晋南北朝的文学发展概况 …………………………………… 2

第二章 建安文学发展研究 ……………………………………………… 10
第一节 "三曹"的诗歌辞赋 …………………………………………… 11
第二节 "建安七子"和蔡琰 …………………………………………… 25
第三节 阮籍和嵇康 ……………………………………………………… 31

第三章 吴蜀文学发展研究 ……………………………………………… 43
第一节 东吴文学 ………………………………………………………… 43
第二节 蜀汉文学 ………………………………………………………… 47

第四章 两晋文学发展研究 ……………………………………………… 54
第一节 西晋文学 ………………………………………………………… 54
第二节 东晋文学 ………………………………………………………… 58
第三节 陶渊明的诗歌辞赋 ……………………………………………… 65

第五章 南北朝文学发展研究 …………………………………………… 82
第一节 南朝文学 ………………………………………………………… 82
第二节 北朝文学 ………………………………………………………… 102
第三节 南北朝小说 ……………………………………………………… 119

参考文献 …………………………………………………………………… 123

第一章 魏晋南北朝的历史和文学发展概况

第一节 魏晋南北朝的历史概况

魏晋南北朝时期历史的多变和不安定性对文学发展有很大影响,导致文学发展在时间和空间上呈现出不平衡和多阶段性。中国历史进入魏晋南北朝,便开启了一个长期分裂的时代。全国长期处于分裂状态,社会动乱不休,政权更迭频繁。从黄巾起义到汉末大乱,从三国鼎立到短暂的西晋统一,后又是八王之乱,导致南北分裂长达270多年。在中国这块版图上曾经一度出现过十几个大大小小的国家。这一时期,由于国家分裂,政权不稳定,各种力量为了争夺权力或扩大统治范围,互相进行着激烈的斗争。战乱和分裂是魏晋南北朝的时代特征,对于文学,魏晋南北朝文学是典型的乱世文学。敏感的作家们在战乱中最容易感受人生的短促、生命的脆弱、命运的难卜,因此他们的作品真实地反映了现实的动乱和人民的苦难,既抒发了建功立业的壮志和积极进取的精神,也流露了壮志难酬的悲凉幽怨情绪。该时期的作品具有鲜明的时代特征和个性特征,形成了雄健深沉、慷慨悲凉的独特风格。

由于政权如走马灯似的频繁更迭,统治集团中为了争夺权力的斗争也充满着杀气,许多文人被卷入政治斗争而遭到杀戮。从东汉末年的党祸大屠杀,到西晋初司马氏政权的高压政策,许多文人都朝不保夕,惨遭杀害,如孔融、杨修、嵇康、张华、陆机、陆云、潘岳、刘琨、郭璞等。难怪有的文人用酒来麻醉自己,有的人隐居山林,住洞穴,韬光遁世,养性全身。这种情况,给文学的发展带来了深远的影响。

西晋建立后,为巩固政权,中正取士,于当朝显贵外,颇依门第,"故居上品者,非公侯之子孙,则当涂之昆弟也"(《晋书·段灼传》)。士族因此拥有了世袭政治特权。士族文学逐渐形成。"上品无寒门,下品无士族"必然造成士庶矛盾。庶文学虽不是主流,但他们兼具了建安与正始文学的精神,以激越悲怆的笔调,表达了近乎绝望的挣扎与控诉。西晋的左思、东晋的郭璞、刘宋的鲍照,都是魏晋南北朝庶文学作者的卓越代表。从公元479年,宋、齐、梁、陈相继被更替,直至公元589年,南北始复统一。在这样一个篡乱相替、毫无希望的时代,南朝君主不再奢望永保社稷,南朝士族更是彻底抛弃了传统道德。他们从广阔的社会生活退回贵族的、宫廷的狭小圈子。放纵于世俗的享乐，陶醉于家族门第的光环，沉溺于贵族文化的雕琢。其气质变得敏感、细腻、纤弱，造就出贵族型与宫廷型的病态人格。帝王与文人，纷纷以文化相尚，贵族与宫廷的文化趣味，涵盖了当时文学的各个方面。公元304年匈奴贵族刘渊建立北汉，公元439年北魏太武帝拓跋焘统一北方。北方的这一时期，文人与典籍随晋室南下，中原地区笼罩在残杀与恐怖之中，北方文坛几乎一片凋零。直到北魏孝文帝改革后，北方经济复苏，各族文化开始互融，北方文学才有了生机。王褒、庾信的入北，带动了南北诗风的融合。就思想状况而言，魏晋南北朝是继战国"百家争鸣"以后又一个思想解放的时代，是中国历史上一个思想发展的重要历史时期，也是中国历史上思想异常活跃、精神生活空间开阔、文化环境宽松的时期。随着儒家的衰微，新的人生价值观、生活观、社会伦理观不断产生，哲学的本体论、思辨逻辑不断发展。可概括为：儒学衰微，玄学兴起，清谈成风，佛道盛行。首先是玄学兴起。这是魏晋南北朝时期的主要思想。"越名教而任自然"的思想直接影响了名士的行为风度。这具体表现为形上思辨，清谈析理；任性率真，寄情山水；在文学上表现为对艺术化人生的追求和个人本性的真实流露。其次是佛学兴起。东晋时佛学与玄学相辅而行，僧人参与清谈，文人士子研究佛理，与僧人结交为朋友，为其撰文译经，成为风气。谢灵运曾为慧远撰写《万佛影铭》。南朝帝王也大都崇信佛教，梁武帝曾四次舍身到同泰寺为奴。"南朝四百八十寺，多少楼台烟雨中。"寺庙建筑也布满各地。佛经中许多有趣的故事增加了中国文学的故事性，佛经中的大量词汇也丰富了中国文学语言宝库。最后是道教兴盛。它影响到文学的精神，士人们追慕隐逸，向往山林，倾向于神鬼变异之谈，其诗文小说都受到不同程度的影响。在南北朝出现的儒、佛、道三家鼎立的局面，社会思想的自由和宗教的多样化，促进和影响了魏晋南北朝时期文学学术的发展和变化，老庄的无为遁世、道教的神仙、佛教的厌世等各种思想杂糅，成为这一时期文学创作的主流。

第二节　魏晋南北朝的文学发展概况

一、魏晋南北朝文学的地位

在中国文学史上，魏晋南北朝是一个酝酿着新变的时期，许多新的文学现象孕育、萌芽、成长，透露出新的生机。一种活泼的、开拓的、富于创造力的文学冲动，使文坛出现一幕接一幕新的景观。政教文学逐渐向文人文学转变，直至文人文学的正式形成。文学中人的主题越来越突出，把文学引入了"文的自觉""人的自觉"的历史。

魏晋南北朝文学上承秦汉，下启唐宋，有"中古文学"之称。但并不能理解为简单的过渡时期，因为它具有自身的文学特性，其主要内容包括以"风骨"而彪炳后世的建安文学，继承建安风骨的正始之音，上承曹植、阮籍，下启陶渊明的左思，开创了田园诗派的陶渊明，开创了山水诗派的谢灵运，以及进步完善了山水诗创作的谢朓，乐府诗成就远超同辈的鲍照，"文章老更成"的庾信，风格各异的南北朝乐府民歌，逐渐成熟的志人、志怪小说。文学题材、体裁和形态都有所发展，除词以外，后代各种文体在魏晋南北朝时期都可以找到它的影子。如人生题材，自然题材，宫廷、女子题材；诗之声律化和近体诗；骈文与散文的骈骊化，以及以《文心雕龙》为代表的文学理论专著等。如果没有魏晋南北朝文学的酝酿，就没有唐代文学的全面繁荣。

该时期作家作品大大增多，文学集团的出现是该时期的一件大事，也是中国文学史上的一件大事。如"建安三曹""建安七子""竹林七贤""二十四友""竟陵八友"等，是中国古代文学飞跃之前的加速"冲刺"，对后代文学影响深远。因此该时期文学的发展与特征，地位特殊而重要。

二、魏晋南北朝文学创作的发展

魏晋南北朝文学创作的发展首先表现在由言志走向缘情，又由缘情走向了"个性"抒情。服务于政治教化的要求减弱了，文学变成个人的行为，抒发个人的生活体验和情感。文人的个人抒情之作《古诗十九首》被后人奉为标准。此后曹植、王粲、刘桢、阮籍、陆机、左思、陶渊明、谢灵运、鲍照、谢朓、庾信，虽然选取的题材不同、风格不同，但走的都是个人抒情的道路，他们的创作也都是个人行为。诗人们努力的方向在于诗歌的形式美，即声律、对偶、用事等语言的技巧，以及格律的完善。正是在这种趋势下，中国的古诗得以完善，新体诗得以形成，并为近体诗的出现做好了各方面的准备，为唐诗达到巅峰奠定了基础。

魏晋南北朝文学创作的发展其次表现为主题有所创新。魏晋南北朝的文学发展，抒情化的倾向经过了一段曲折的发展过程。魏晋时期的建安文学不仅有反映动乱时代人生悲惨遭遇的乱离诗，更有"三曹""七子"表达英雄壮志的抒情诗篇。由于玄理培养了高度思辨的思维方法，在抒情中还不乏浓厚的理性色彩，如阮籍、嵇康及西晋一些作家，玄言诗曾风行一时。有"建安以情，正始以哲"之说。这种文学思想发展到晋便有了陆机《文赋》的成就。到了南北朝，作家抒写性灵明显加强。无论是诗、赋，还是文，作家都力求抒发自己真实的人生感受。人生无常、游仙、隐逸、山水、田园、边塞战争成为魏晋南北朝文学的共同主题。因为整个魏晋南北朝是一个乱世，政治上的纷争使人的生命处于朝不保夕之中，因而文人便产生了生的忧惧和恐慌，常常感到生命的短促和脆弱，所以，他们一方面悲叹生命无常；另一方面饮酒行乐，以期充分享受人生，这些思想感情毫无保留地倾泻在作品中。与生命无常主题相关的内容是游仙隐逸，生命短暂，人们对长生不死的仙境充满了向往，曹植有《游仙》，张华有《游仙诗》，郭璞也有《游仙诗》多首。此外，对隐逸生活的向往和歌咏也是这时期文学的一个主题，左思、陆机都有《招隐诗》，陶渊明对田园生活的描写把隐逸题材的创作推向了高峰。

魏晋南北朝文学创作的发展再次表现为各阶段文人集团比较活跃。文学受到普遍的重视，进入文人的社交生活，成为一种高雅的娱乐和朋友间交流的媒介。这样就在文人群中形成了一个个文人集团。建安时期，以曹氏父子为首的文人结成了中国文学史上第一个文人集团——邺下文人集团。魏末有以阮籍、嵇康为首的"竹林七贤"和以何晏为首的"正始名士"，西晋时有权臣贾谧，包括陆机、左思等人在内的"二十四友"，东晋时又有以王羲之、谢安为中心的文学交游，宋代临川王刘义庆门下招纳了鲍照等文人，齐代时，在竟陵王萧子良周围形成了"竟陵八友"，梁代昭明太子、简文帝萧纲、梁元帝萧绎也各自组成了自己具有相当规模的文学集团，这些文学集团的活动，对当时文学的发展演变起了重要作用。首先是刺激了文学的兴盛和发展，其次是在文学集团的活动中，互相影响，常常会产生新的现象、新的文学思想，形成文学风格的多样化，促进了文学理论的发展。

魏晋南北朝文学创作的发展最后还表现为新的文学体式发展并形成。在传统的诗、赋、散文的体式中，诗歌的形式多样丰富，东汉的五言诗在魏晋文人手中得到进一步发展，曹植、阮籍、陆机、左思、陶渊明、谢灵运等大量进行五言诗创作，使之臻于成熟和完善。七言歌行体确立，曹丕的《燕歌行》为文学史上最早的完整的七言诗，南朝鲍照进一步完善了七言诗的形式，扩大了其影响，为唐诗的发展奠定了基础。齐梁时期，由于声韵学的发展，周颙发现了汉语的四声，沈约把四声运用到诗歌的声律上，提出了"四声八病"之说，创造了一种新诗体，即"永明体"，为律诗的形成铺平了道路。梁陈时期，出现了以宫廷生活和女性美为题材的宫体诗，虽内容空洞，但体现了新的美学追求，扩大了诗歌的表现领域。诗歌以外，辞赋创作和汉代相比发生了重要转变，不仅数量多，而且明显出现诗赋合流的趋势。抒情咏物小赋增多，成为这个时期辞赋创作的主流。如王粲的《登楼赋》、江淹的《恨赋》、庾信的《哀江南赋》等，都是脍炙人口的抒情力作。散文创作也出现新的面貌，建安时期，以曹氏父子为代表，散文庄重典雅，有通脱之风。

南北朝散文趋于骈化，文辞华美，对偶工整，为时代的美文。魏晋南北朝的骈文在艺术上日臻成熟，达到顶峰。

小说发展是这一时期重要的文学现象，由于汉末巫风畅行，加之佛、道的兴起，受宗教思想影响，出现了志怪小说，以干宝的《搜神记》为代表，虽还不够成熟，但已初具小说规模，为后来唐传奇的创作积累了经验。随之又产生了志人小说，代表作品是《世说新语》，其内容主要是记录魏晋名士的逸闻轶事。这与士族之间品评人物和崇尚清谈之风有关，是研究魏晋名士风流的极好资料。志怪小说和志人小说的出现，标志着我国小说进入一个重要的阶段。乐府民歌在南北朝时是继《诗经》和汉乐府以来我国诗歌史上又一新的发展。由于南北朝长期对峙，政治、经济、文化以及风俗民情都有明显的差异。所以南北民歌也呈现不同的风貌，表现出明显的地域色彩，南朝民歌多写爱情与相思，北朝多反映北方现实生活和习性。《西洲曲》和《木兰诗》分别代表了南北民歌的最高成就。

三、魏晋南北朝文学发展概况

魏晋南北朝是一个文采风流、文学繁荣的时代，举凡诗、赋、散文、骈文、小说、民歌创作和文学批评，都得到了长足的发展。

（一）诗歌创作

魏晋南北朝的诗歌创作，数建安诗歌成就最高。建安诗人大都经历汉末动乱，有忧生、忧世之心，既有志于统一天下，救民于水火，干一番事业，又深感世路艰难，进退维谷。故其诗言志抒怀，慷慨悲凉，形成具有时代特色的艺术风格，即建安风骨。著名诗人有"三曹"（曹操、曹丕、曹植）、"七子"（孔融、陈琳、王粲、刘桢、徐干、阮瑀、应玚）以及蔡琰等。其中，曹操爱用乐府旧题写时事、道心事，四言诗写得最多（也写五言诗）。其他诗人都热心五言诗的创作（也写四言诗），出语皆"慷慨以任气，磊落以使才。造怀指事，不求纤密之巧；驱辞逐貌，唯取昭晰之能"（刘勰《文心雕龙·明诗》）。众人之中，若论诗才之高、诗作骨气之奇、词采之美，自以曹植为翘楚。

正始年间，玄风流行，司马氏篡权活动加剧，士人倡言越名教而任自然，实则战战兢兢，隐忧极深。嵇康是继曹操之后魏晋时期最优秀的四言诗作者，嵇诗写其玄学志趣、悲愤意绪，明朗峻切。阮籍的《咏怀诗》（今存82首），全是五言抒情诗，半数涉及忧生内容。阮籍身处乱世，感愤甚多而为人"至慎"，故其诗风含蓄以至"难以猜测"。就真实表现人生感受而颇具风骨之美而言，正始诗歌实与建安诗歌一脉相承。

西晋五言诗创作进一步发展，突出倾向是诗人们对表现形式和艺术技巧的重视。从晋初傅玄、张华开始，晋诗就有"稍入轻绮"的迹象，太康年间"三张"（张载、张协、张亢）、"二陆"（陆机、陆云）、"两潘"（潘岳、潘尼）、"一左"（左思）活跃于诗坛，其主流诗风表现为"结藻清英、流韵绮靡"（刘勰《文心雕龙·时序》），代表者为陆机、潘岳。陆机等人"才高词赡"（钟嵘《诗品》），为诗"或析文以为妙，或流靡以自妍"（刘勰《文心雕龙·明诗》），所作"举体华美"（钟嵘《诗品》），使得太康诗歌"采缛于正始，力柔于建安"（刘勰《文心雕龙·明诗》）。唯左思的《咏史》八首，表达了庶族地主阶层知识分子对把持仕途的世家大族的愤怒和抗议，实可视为太康诗坛的最强音。永嘉年间，刘琨用诗表达一位报国志士生当衰世俗有所为而不能为的悲愤心情，叙丧乱而多感恨，善为凄戾之辞；郭璞的《游仙诗》借游仙题材写现实感受，"坎壈吟怀"（钟嵘《诗品》），挺拔俊秀。两家所作，不但与主流诗风有别，而且迥异于玄言诗。

玄言诗出现在魏晋之际，西晋末年盛极一时，一直延续到东晋、刘宋时期。如钟嵘所说："永嘉时，贵黄老，稍尚虚谈。于时篇什，理过其辞，淡乎寡味。爰及江表，微波尚传，孙绰、许询、桓、庾诸公诗，皆平典似《道德论》，建安风力尽矣。"（《诗品序》）东晋诗人爱以玄理入诗，表现出对探讨人生哲理的浓厚兴趣，对诗歌艺术发展的负面影响自然远大于其存在的正面意义。东晋玄言诗人甚多，如孙绰、许询皆是。陶渊明生于东晋末年，其处世态度、人生境界、审美趣味均与时人不同。他是中国第一个大量写作田园诗的诗人，其诗"冲澹深粹，出于自然"（安盘《颐山诗话》），既不同于建安诗歌的慷慨悲凉，也不同于正始诗歌的"文多隐蔽"，更不同于太康诗歌的绮丽流靡和玄言诗的淡乎寡味，为诗美创造开辟了一种新境界。

刘宋元嘉诗歌创作的突出特点，是由诗以理为主回到诗以情为主。元嘉诗坛前后活跃着两大诗人群体：一是以由晋入宋的谢灵运、颜延之为核心，包括众多谢氏成员的诗人群体；二是以临川王刘义庆为核心的诗人群体。论创作成就最高、影响最大，前者当推谢灵运，后者应是鲍照。

从诗歌发展史的角度看，谢灵运的山水诗实是玄言诗蜕变的产物。谢灵运则在诗中将东晋士人特有的山水审美意趣和他发现的山水形貌之美、置身山水的愉悦之感、观照山水的理性认识混合在一起，因而诗中摹写山水的句子大增，仅在篇末拖有一条玄言的尾巴。虽然到谢朓出来，山水诗才彻底摆脱玄言诗的影响，但谢灵运作为晋、宋诗歌由质木无文转为声色大开的关键人物，对山水诗派的形成是有重大贡献的。

鲍照擅长用拟、代手法作诗，其拟古诗或拟、代乐府诗多直抒胸臆，表达他强烈的人生感受。诗中情绪激昂、高亢，情感外露，往往迸然爆发，一泻千里。又"发唱惊挺"，出语节奏急速，善于用奇特的想象、生动的比喻和极富表现力的言辞创造诗的意境。鲍照作诗，不单有意开拓诗的题材，还在诗体形式创新方面做过多种尝试。

江淹是宋末齐初的重要诗人，他传播最广的多是即事命名的仕途失意之作，表现形式特别的却是拟古诗。其拟古诗以《效阮公诗十五首》和《杂体诗三十首》最为著名。前者模仿阮籍的《咏怀诗》，针对宋末刘景素的政治密谋而"略明性命之理，因以为讽"（江淹《自序传》）。后者选取自汉至宋三十家作品（一家一首）为模仿对象，借对他人诗歌立意和艺术风格的揣摩、学习以表达自己的人生感受。

齐武帝永明初年，竟陵王萧子良为司徒，开西邸，沈约、谢朓、王融、萧琛、范云、任昉、陆倕、萧衍出入西邸，号称竟陵八友。"八友"皆能诗，诗名显著者有谢朓、沈约、范云、王融等。齐代诗歌发展的重大事件，自是沈约等人将声律说引进诗歌体制建设中，形成一种新诗体，即永明体。沈约是永明体的创始人之一，但作永明体诗成就最高的是谢朓。其诗清新明丽，情韵悠扬，受到南朝乐府民歌影响，在声律体制上已具备唐人五绝、五律的雏形。除永明体外，谢朓的古体诗也很有特色，他善于托物写景以抒情，工于发端，写景"撰造精丽，风华映人"（王世贞《艺苑卮言》卷四），其山水诗亦受谢灵运影响。二谢长诗谋篇布局相似，描写山水生动形象相似，诗中佳句络绎相似，不同者在于谢朓以清丽居宗，出语情景交融，韵味悠扬，既有佳句又成完篇，彻底去掉了玄言诗的尾巴。沈约论诗重声律、主平易，所作新体诗"长于清怨"（钟嵘《诗品》），以叙写友情、恋情和山水风光者为佳。范云诗歌意浅骨弱，以学习南朝民歌所写的爱情诗最有特色。

从齐末到梁、陈，流行三种文学思想，一是"主质朴、重功利的文学思想"，二是"尚自然、主风力的诗歌思想"，三是"重娱乐、尚轻艳的文学思潮"（罗宗强语）。就诗歌创作而言，一以裴子野、刘子遴、刘显为代表，三人存诗极少，所存之诗皆直抒胸臆，质朴无华。二以吴均、何逊、阴铿为代表，其诗多写羁旅之愁、离别之情、乡思之苦，常有清美、疏淡或真实、细腻的景物描写。三以萧纲、萧绎兄弟，徐摛、徐陵父子，庾肩吾、庾信父子以及陈叔宝等人为代表，作品则以宫体诗为主。

北朝诗歌的发展，深受南朝诗风的影响。北朝诗人由本土诗人和由南朝进入北朝的诗人组成。前者著名的有北魏的温子昇和北齐的邢劭和魏收，三人都潜心学习齐、梁诗格；后者则有萧综、庾信、王褒等人。其中，庾信在梁本为扇扬宫体诗风的年轻诗人，出使西魏，因梁亡而久不得归，虽连仕西魏、北周，虽位望通显，却胸怀故国之思和仕魏之耻，故暮年诗风大变，苍凉、沉郁，老成之至。

（二）辞赋创作

魏、晋、南北朝辞赋创作的突出特点是抒情性加强。赋体的诗化使得抒情小赋大量出现，赋体的骈化使得大小辞赋骈词华美、典雅。此时的诗人大多是赋家，抒情性强的名家名作很多。如王粲的《登楼赋》、曹丕的《寡妇赋》、曹植的《洛神赋》、向秀的《思旧赋》、潘岳的《怀旧赋》、陶渊明的《闲情赋》、鲍照的《芜城赋》、江淹的《恨赋》与《别赋》、庾信的《小园赋》与《哀江南赋》，皆是。此时赋家也爱作咏物赋，一种情况是托咏物以抒怀，如祢衡的《鹦鹉赋》、张华的《鹪鹩赋》、谢惠连的《雪赋》、谢庄的《月赋》、左思的《白发赋》，皆是；另一种情况是以体物为主，表达赋家博物好异的生活情趣，如陈琳的《迷迭赋》、王粲的《玛瑙勒赋》、徐干的《车渠碗赋》、傅咸的《烛赋》、束皙的《饼赋》等。除抒情、咏物以外，赋家还用赋"分赋物理，敷衍无方"，如成公绥作《天地赋》；用赋陈说作文之道，如陆机作《文赋》；用赋写对"玄圣""灵仙"的向往之心，如孙绰作《游天台山赋》，又如木华作《海赋》，题材虽旧，意蕴却新，而描写细密，文辞俊丽。

（三）散文创作

建安散文的发展有两种趋势：一是曹操乘汉末文风新变之势，将文风由通脱引向清峻，终以行文随意任性、简约严明、朴质明朗而使散文艺术、风貌焕然一新。但他对建安文风的影响，最重要的是在出言通脱方面，至于文辞简约、朴质，却少有嗣响。二是孔融乘汉末文风新变之势，将文风由通脱引向华靡，终以气势雄迈、文辞典丽而为建安诸多文士所重。经曹丕、曹植等人承传，孔文所有的气扬采飞成了建安中后期散文的突出特色。

魏代散文以赡丽为美，亦承孔文逞性作论、词尚华靡之风而来。而潘岳的词藻清艳和陆机的缀辞繁缛，能成为西晋太康散文艺术发展的主导倾向，更与孔融文风在建安、魏、晋时期绵延不绝和得到长足发展不无关系。魏、晋、南北朝散文发展的另一突出现象，是玄理论文和深受玄学审美观念影响的散文小品大量出现。名家有阮籍、嵇康、王羲之、陶渊明等，所作散文的艺术精神、艺术风格，皆与汉代新儒家散文大异。就题材而分，东晋的地记山水散文，刘宋范晔《后汉书》中的序、论，南朝的《诫子弟书》，在艺术上都有独到之处。

北朝作者为文尚实用，单篇散文多文风朴质，用字平易、朴拙，作家有崔浩、高允、高闾、元宏、李冲、李彪等人。北齐无名氏所作《为阎姬与宇文护书》，当为"北朝第一篇文字"（钱基博语）。著述散文则有郦道元的《水经注》、杨衒之的《洛阳伽蓝记》和颜之推的《颜氏家训》。

（四）骈文创作

骈文体制的健全是在齐代，骈文创作的兴盛期是在齐、梁时期。此前不少散文仅有部分骈体特征（如对句较多），并不能称作严格意义上的骈文。南朝辞赋多为骈文，如《芜城赋》《别赋》《雪赋》以及《哀江南赋》等，皆是。又应用文（包括上行文字、下行文字）亦多骈体，名家有任昉等。以骈体为书信者更多，如鲍照的《登大雷岸与妹书》、江淹的《诣建平王书》和丘迟的《与陈伯之书》，以及吴均、陶弘景等人的书作，皆是。此外，南朝还有一类具有游戏性质的诙谐文字，也是用骈体写的，如宋代袁淑有《鸡九锡文》《驴山公九锡文》等，乔道元有《与天公笺》，齐代孔稚圭有《北山移文》，梁代王琳有《垣表》，沈约有《修竹弹甘蔗文》，吴均有《檄江神责周穆王璧》。至于用骈体作论的专著，则有刘勰的《文心雕龙》；用骈体作论的哲理论文，名篇则有范缜的《神灭论》。受南朝文风影响，北朝应用文亦多为骈体，名篇有温子昇的《韩陵山寺碑》。除温氏外，本土作家中的骈文高手尚有邢劭、魏收等人，由南入北的骈文大家则有庾信。

（五）小说创作

魏、晋时期社会动荡不安，统治者希求长生，信道信佛；人民在现实中找不到出路，把希望寄托在幻想上，因而产生了不少鬼怪神仙传说。加上受中国固有的神话传说的影响，魏晋志怪小说兴盛。干宝的《搜神记》是这时期志怪小说的代表。南朝志怪小说，则有刘义庆主编的《幽明录》、刘敬叔的《异苑》以及陶潜的《搜神后记》等。魏、晋以来，朝野侈谈玄理、品评人物风气很盛，许多有关人物的轶事、传闻在社会上流传，促进了志人小说的发展。南朝志人小说的代表作是刘义庆主编的《世说新语》。魏、晋、南北朝小说虽是粗陈梗概的丛残小语，但它们代表着我国小说发展的一个重要阶段，对后来小说的发展影响很大。

（六）民歌创作

南北朝民歌艺术性和思想性都很突出。北朝民歌内容十分丰富，北方各族人民各方面的生活情形在民歌中都有反映，其中就有《木兰诗》那样歌颂女英雄的赞歌和《敕勒歌》那样气势雄浑、再现草原壮美风光的写景诗。南朝民歌分为吴声歌、神弦歌、西曲歌三类，主要产生在水路交通发达、商业经济繁荣的建业、荆州、襄阳一带。内容多表现城市生活，而以爱情为主。相比较而言，北朝民歌粗犷刚健，南朝民歌清丽宛转，它们对该时期以及唐代诗歌创作都曾产生过有益的影响。

（七）文学批评

魏、晋、南北朝文学批评成就很高。建安时代的曹丕写有《典论·论文》，他在文章中充分肯定文学的独立价值，通过评论多个作家和多种文体，探讨作家性格特点和创作风格的关系。太康时代的陆机写有《文赋》，作者根据自己的创作体会，阐述了文章写作中构思、结构、布局、剪裁、修辞以及用字等方面的特点。还论述了作品内容和形式的关系问题，作品风格和作家个性、文学体裁的关系问题，以及文学创作中作家情感的作用和形象思维、创作灵感等问题。齐、梁时期的钟嵘写有《诗品》，专门评论五言诗。他通过品评一百多位诗人和分析他们与前代诗人之间的源流关系，来厘清五言诗的发展线索，提出自己的诗歌主张。在诗歌批评史上有其独到之处。齐、梁时期的刘勰写有《文心雕龙》，其书共分五十篇，内容十分丰富、深刻。此外，晋代挚虞的《文章流别论》、李充的《翰林论》、葛洪的《抱朴子》以及梁代裴子野的《雕虫论》、萧统的《文选序》，都是这个时期珍贵的文学批评资料。

总之，魏、晋、南北朝文学创作十分繁荣，文学批评非常活跃。文士们的多种探索和各种努力（包括成功的经验和失败的教训），不仅造就了这一时期文学的辉煌，还为唐代文学高潮的出现奠定了基础。

第二章　建安文学发展研究

　　建安是东汉最后一个皇帝——献帝刘协的年号，起自公元196年，止于220年。文学史上讲的建安文学，实际上指的是从建安初年到魏明帝太和七年（232年）这一历史阶段的文学。由于特定的社会历史条件、文学自身的发展演变，以及曹操、曹丕、曹植、曹叡的倡导和影响，这个时期的文学，较之前代，呈现出崭新的面貌。刘勰的《文心雕龙·时序》即云："自献帝播迁，文学蓬转。建安之末，区宇方辑。魏武以相王之尊，雅爱诗章，文帝以副君之重，妙善辞赋，陈思以公子之豪，下笔琳琅，并体貌英逸，故俊才云蒸。仲宣委质于汉南，孔璋归命于河北，伟长从宦于青土，公幹徇质于海隅；德琏综其斐然之思，元瑜展其翩翩之乐。文蔚、休伯之俦，于叔、德祖之侣；傲雅觞豆之前，雍容衽席之上，洒笔以成酣歌，和墨以藉谈笑。观其时文，雅好慷慨，良由世积乱离，风衰俗怨，并志深而笔长，故梗概而多气也。"刘勰的话道出了建安文学特别是诗、赋创作空前活跃的盛况，指出了它们的特点及其形成的原因。

　　建安散文应是两汉散文的一部分，但它的艺术风貌，与从西汉中期到东汉中期能体现"汉文本色"的新儒家散文大为不同。其不同主要表现在散文的艺术精神和艺术风格上。建安诸家散文的艺术精神虽然有不同的思想理论基础，但在突出自我、强调以气为主方面，却是共同的。这与汉代散文动辄"本经立义"、悬置自我、泯灭个性，自然不同。与汉文醇厚、典雅、阐缓、平实的文风有异，建安散文多有清峻、通脱的特点。用清峻描述诗、文艺术特点，大概始于刘勰说的"风清骨峻"（《文心雕龙·风骨》）。刘师培用来概括建安文风，并说它是"魏武治国，颇杂刑名"（《中国中古文学史讲义》第三课）所致。鲁迅沿用其说，且释其为"简约、严明"（《魏晋风度及文章与药及酒之关系》）。后来论建安文学特征，亦多称清峻而另有所解。其实，作为艺术风格，清峻可以理解为清朗、峻健，其含义和被理解为爽朗、刚健的风骨相近。作为描述语言艺术特征的清峻，则可理解为清约、峻直。以通脱论文，则"通脱即随便之意""想说什么便说什么""想写的便写出来"（《魏晋风度及文章与药及酒之关系》）。建安文风的走向，实有两种发展趋势：一种是由清峻、通脱走向质朴，以曹操为代表；另一种是由清峻、通脱走向华靡，以孔融、曹丕、曹植为代表。前者在曹操之后少有嗣响，后者却绵延不绝，直到隋、唐。

　　总之，建安文学既有风骨美，又有辞采美，而在古代文学发展史，尤其是诗歌史上，风骨十分难得，而建安文学尤其是建安诗歌的风骨美非常突出，故人们常用建安风骨概括建安文学的艺术风格。

第一节 "三曹"的诗歌辞赋

一、曹操的诗歌

曹操（155—220），字孟德，沛国谯（今安徽亳州）人。祖父曹腾在汉桓帝时做过中常侍，父曹嵩是曹腾的养子，官至太尉。出土文物表明，曹操父、祖辈中官至太守以上者有十人之多。曹操虽出身显宦之家，却不是名门，由于先代不"清白"（做过宦官），因此受到高门世族的鄙视。他在镇压黄巾农民起义的过程中，扩大了势力，认为自己为国讨"贼"，可以封侯，将来墓前碑上能写上"汉故征西将军曹侯"则足矣。曹操挟制献帝，大可篡位，但他没有篡位。曹操在政治上是很清醒的，他在诗文中常以周公自诩，但他又不放弃军权，认为那样做于国、于自己的子孙都不利。大抵曹操并不急于称帝，其用心仍在于为曹氏子孙开创基业，因为他说过："若天命在吾，吾为周文王矣。"（《三国志·魏书·武帝纪》注引《魏氏春秋》）

曹操一生，南征北战，戎马倥偬，但他的爱好却很广泛。张华《博物志》说："蔡邕善音乐，冯翊山子道、王九真、郭凯等善围棋，太祖（指操）皆与埒能。"又《曹瞒传》言："太祖为人佻易，无威重，好音乐，倡优在侧，常以日达夕。"《宋书·乐志》记载，曹操曾令乐师将一种一人唱、三人和、无弦节的徒歌乐曲"但歌"改造成"丝竹更相和，执节者歌"的"相和曲"。而曹丕在《典论·自序》中说："上雅好诗书文籍，虽在军旅，手不释卷。"王沈进一步讲："（太祖）御军三十余年，手不舍书，昼则讲武策，夜则思经传，登高必赋，及造新诗，被之管弦，皆成乐章。"（《三国志·魏书·武帝纪》注引《魏书》）这些记载说明，曹操爱好虽广，似以音乐、文学为甚，这也是他现存诗歌全为乐府诗的一个原因。

曹操今存 21 首乐府诗，其中有三言，有四言，有五言，而以四言居多。这些诗除《气出唱》《陌上桑》等是表现游仙题材，《短歌行·周西伯昌》是歌吟历史题材的以外，大都是表现当时的社会现实和作者的生活感受的。其《薤露行》云："惟汉廿二世，所任诚不良。沐猴而冠带，知小而谋强。犹豫不敢断，因狩执君王。白虹为贯日，己亦先受殃。贼臣持国柄，杀主灭宇京。荡覆帝基业，宗庙以燔丧。播越西迁移，号泣而且行。瞻彼洛城郭，微子为哀伤。"这诗正是写的何进谋诛宦官不果，致使董卓劫持国柄，杀少帝、焚洛阳、西迁长安而使百姓备受灾难的时事。诗人说他目睹洛阳惨象而有感慨，就像当年微子见殷墟而悲伤一样。这和他在《蒿里行》里表达的感受是一致的。《蒿里行》中写袁绍等人联合起来攻讨董卓，结果众军阀各怀异心，诗云："关东有义士，兴兵讨群凶。初期会盟津，乃心在咸阳。军合力不齐，踌躇而雁行。势利使人争，嗣还自相戕。淮南弟称号，刻玺于北方。铠甲生虮虱，万姓以死亡。白骨露于野，千里无鸡鸣。生民百遗一，念之断人肠。"

诗人悯时悼乱，感慨良深。他的《苦寒行》写北上并州征讨高干、行军太行山中的艰苦，谓"北上太行山，艰哉何巍巍。羊肠坂诘屈，车轮为之摧。树木何萧瑟，北风声正悲。熊罴对我蹲，虎豹夹路啼。溪谷少人民，雪落何霏霏……行行日已远，人马同时饥。担囊行取薪，斧冰持作糜"，更是写他的实际经历。明人钟惺称《薤露行》中"贼臣执国柄"六句乃"汉末实录，真诗史也"（《古诗归》卷七）。其实，曹操的许多诗都当得起这个评价。

他的《度关山》说"天地间、人为贵"，讲执政者要守法、爱民、提倡俭朴；《对酒》则言"太平时，吏不呼门。王者贤且明，宰相股肱皆忠良。咸礼让，民无所争讼。三年耕有九年储，仓谷满盈……爵公侯伯子男，咸爱其民，以黜陟幽明。子养有若父与兄。犯礼法，轻重随其刑。路无拾遗之私。囹圄空虚，冬节不断。人耄耋，皆得以寿终"，描绘出一幅太平盛世景象，这种盛世景象实际上是以现实中的乱世惨象作背景想象出来的。因此《度关山》《对酒》这一类诗，虽然表现的是诗人的思想，但也曲折地反映了汉末吏治不修的现实。

曹操有一首《短歌行》，是宴飨宾友时作的，它很真实地反映了诗人的内心世界，其间有向往和追求，也有失望和苦闷。诗云：

对酒当歌，人生几何！
譬如朝露，去日苦多。
慨当以慷，忧思难忘。
何以解忧？唯有杜康。
青青子衿，悠悠我心。
但为君故，沉吟至今。
呦呦鹿鸣，食野之苹。
我有嘉宾，鼓瑟吹笙。
明明如月，何时可掇？
忧从中来，不可断绝。
越陌度阡，枉用相存。
契阔谈䜩，心念旧恩。
月明星稀，乌鹊南飞。
绕树三匝，何枝可依？
山不厌高，海不厌深。
周公吐哺，天下归心。

曹操"不戚年往，忧世不治"（《秋胡行》）。他写此诗时已年过半百，但统一天下的大业尚未完成，因此深感"去日苦多"。他"忧思难忘"，虽说是"何以解忧，唯有杜康"，实是酒亦不能消忧，放下酒杯，那深隐之思又浮上心头。"青青子衿"数句，写他对贤才的思慕，写他礼遇贤士的热情，写他对贤才可望而不可即的怅惘情绪，反复诉说、咏叹，至为感人。"月明星稀"数句，写到天下贤士正择主而事，诗人说他要效法周公广聚人才、重用人才，以此劝勉、告慰天下贤士，希望他们来和自己一起建立功业。曹操创业思贤，诗中言辞恳切，表现出作者唯恐不得的汲汲之心。诗篇格调悲凉，或直抒其慨，或用比兴，反复诉说纠缠在胸的一团心事，艺术感染力极强。曹操把《诗经》中"青青子衿""呦呦鹿鸣"数句作为自己诗篇的组成部分，用来表情达意，一则反映出诗人的英雄气质和朴素诗风，二则反映出诗人工力深厚，因为这些句子的引入十分自然，不粘不滞，既和全诗情调相合，又显得语气高古，念起来跌宕悠扬。

他的《步出夏门行》（又称《陇西行》）（包括"艳"和"四解"）是他征乌桓时写的。曹操征讨乌桓是在建安十二年（207年），五月出兵，七月出卢龙塞，次年正月还邺。当时他五十四岁。《观沧海》为"一解"，它写的是诗人兵出卢龙塞，自己登上碣石山所见到的大海景象。诗云：

东临碣石，以观沧海。
水何澹澹，山岛竦峙。
树木丛生，百草丰茂。
秋风萧瑟，洪波涌起。
日月之行，若出其中。
星汉灿烂，若出其里。
幸甚至哉，歌以咏志。

此诗着意表现大海的磅礴气势和壮阔景象，显露出诗人吞吐宇宙的博大胸怀。诗的起句平实，只是交代观海位置。接着写放眼纵观大海，只见水天辽阔，波光荡漾。一个"何"字准确地表现出诗人登上山头、一眼瞥见沧海时所引起的惊讶、赞叹的神情。诗人的视线由远而近，见到海上"山岛竦峙"，岛上"树木丛生，百草丰茂"，虽是秋天，却处处充满活力。陡然秋风劲吹，草木发声，海上洪波巨浪，喧豗奔腾。诗人的心像大海一样不能平静，他想到那运行的日月、灿烂的银河以至整个宇宙都出自大海的怀抱之中。这是何等壮观的境界！一个动荡不安而又包容一切的大海形象出现了。前人说此诗"志在容纳，而以海自比也"（张玉榖《古诗赏析》）。诗人写海确实是在写他自己。因此，他写海并不专写海的外观，而是写海的壮阔气势。在手法上可以说是虚实相间、动静结合。写海的外貌全属实写，其中写了静景，也写了动景。在布设景物时，由于插入山岛草木，海景便不单调；由于引入秋风，方显出大海生气。而写大海气度恢弘则用虚笔。这种虚拟之词出现在实写之后，尽管夸张，仍然可信，很真实地表现出了大海的特点。《观沧海》是一首完整的山水诗，它通过写海来写人的性情、抱负，艺术水准很高。

《步出夏门行》的"四解"是《龟虽寿》：

神龟虽寿，犹有竟时。
腾蛇乘雾，终为土灰。
老骥伏枥，志在千里。
烈士暮年，壮心不已。
盈缩之期，不但在天。

养怡之福，可得永年。

幸甚至哉，歌以咏志。

此诗言万物皆有竟时，即使是长寿的神龟、能兴云驾雾的龙蛇亦不能免，作为有志之士应该及时建立功业，到了晚年也要不断奋斗。因为人的寿命不一定全由天定，人通过主观努力可以延年益寿。这种积极乐观的进取精神和诗人在《短歌行》中表现的思想感受是相通的。这首诗开头四句从反面着笔，用两个比喻极言万物同有尽日，为的是衬托"老骥""烈士"精神气概的可贵。而在后四句中，"老骥"二句又兼有比兴作用。经过一番跌宕、渲染，"烈士"二句便显得十分突出。它实际上成了诗中之柱，下面的议论也是围绕它展开的。

曹操用乐府旧题写时事，富有革新精神。一是所写内容和旧题内容不尽一致，比如《薤露行》《蒿里行》本是挽歌，曹操却用它们来写汉末的社会动乱，只取其凄婉哀伤的调子。二是句式有变化，如《薤露行》《蒿里行》古辞本为杂言体，《善哉行》本为四言体，他却通通用五言体。这种改革对建安其他诗人具有表率作用。曹操的四言乐府写得凝练而又顺畅。四言简短，容易板垛，曹操却运转自如。其诗语句自然，而又气势雄伟，后来的诗人写四言诗，没有几个能赶得上他的。曹操也是努力写五言诗的诗人，他的《却东西门行》写一位连年"戎马不解鞍，铠甲不离旁"的征夫的痛苦，反复使用比兴手法，民歌风味很足。他的《苦寒行》写征途艰难，一唱三叹，抒情气氛极浓，表现出一种悲壮的美。无论四言、五言，曹操的语言总是那样质朴，能以本色相见。钟惺说他"真心真话""不出于假"（《古诗归》卷七），颇能道出曹操诗歌的特点。

总的来说，曹操的诗充满着正视现实、关注国事的慷慨不平的激情，表现了他拯世济物、统一天下的宏伟抱负以及壮志难以实现的痛苦心情。钟嵘说："曹公古直，甚有悲凉之句。"（《诗品》卷下）敖器之说："魏武帝如幽燕老将，气韵沈雄。"（《诗品》）冯班谓"魏祖慷慨悲凉"（《钝吟杂录》），沈德潜言其"沉雄俊爽"（《古诗源》卷五），这些评语对于我们理解曹操诗歌的艺术特色很有启发作用。

二、曹丕的诗歌和辞赋

曹丕（187—226），字子桓，曹操次子。二十五岁为五官中郎将、副丞相，三十一岁立为魏太子。公元220年，曹丕继曹操为魏王，同年废汉献帝自立，为魏文帝。曹丕当政，效法汉文帝搞无为而治，客观上有利于老百姓休养生息和恢复经济。在选举用人方面，基本上沿袭曹操的一套做法。曹丕即位前即已实行九品中正制度，初实行时，本欲将官吏的选举权控制在中央政府手中，后来由于担任大小中正的都是地方上的世家豪族，这一制度的推行反倒起了加重大族威权的作用。由于它成了维护世族统治的合法工具，所以一直沿用到隋代才被废除。曹丕在位七年，虽然实行过一些开明政策，但在政治上、军事上并未取得突出的成就。他说自己六岁知射，十来岁就随父出征，"长于戎旅之间"，学得一手好剑法。因为受到父亲的影响，"是以少诵诗、论，及长而备历五经、四部，《史》《汉》、诸子百家之言，靡不毕览"（《典论·自序》）。从曹丕写给建安作家的书信以及对他们创作的评论来看，曹丕实是邺下文人集团中的领袖人物。他能以友人的身份对待邺下文人，和他们探讨创作中的得失，总结出带指导性的文论观点。他对建安文学的发展是有贡献的。

曹丕现存诗、赋百余篇，完整的诗歌约四十首，一半以上为乐府诗。

曹丕的诗，在内容上不及曹操丰富、深厚，而在形式上却别有创新。他除了大力写五言诗（占全部诗作的一半）外，还写有四言诗、六言诗、七言诗以及杂言诗。其中六言诗、七言诗完全是这个时期的新的诗歌形式。相比之下，他的六言诗（如《黎阳作诗》《令诗》）不及七言诗（《燕歌行》二首）影响大。

其一云：
秋风萧瑟天气凉，草木摇落露为霜。
群燕辞归雁南翔，念君客游思断肠（一作"多思肠"）。
慊慊思归恋故乡，君何淹留寄他方！
贱妾茕茕守空房，忧来思君不敢忘，
不觉泪下沾衣裳。援琴鸣弦发清商，
短歌微吟不能长。明月皎皎照我床，
星汉西流夜未央。牵牛织女遥相望，
尔独何辜限河梁？

其二云：
别日何易会日难，山川悠远路漫漫。
郁陶思君未敢言，寄声浮云往不还。
涕零雨面毁容颜，谁能怀忧独不叹？
展诗清歌聊自宽，乐往哀来摧肺肝。
耿耿伏枕不能眠，披衣出户步东西，
仰看星月观云间。飞鸧晨鸣声可怜，
留连顾怀不能存。

诗用思妇口吻，写她对游子的思念。诗中感情深挚，表现得委婉细腻，音调和谐，语言明朗而又精雅。诗写的是传统题材，可诗人通过对思妇的内心世界的挖掘，并通过多种艺术手法把她的柔情幽怨抒发出来，具有极高的艺术价值。显然，诗中所用的种种表现手法以及构思形象所用到的素材（甚至包括语言），许多都是来自民歌和古诗。在两汉乐府和古诗中，七言句式早就存在，不过这些七言句要么中间带有"兮"字（如刘邦的《大风歌》），即使不带"兮"字，也只能作为三言、四言的附庸（如《安世房中歌》《郊祀歌》等），即如张衡的《四愁诗》，也还不是纯粹的七言诗。曹丕的《燕歌行》二首，和一句一意、文气不贯的联句体《柏梁诗》不同，虽一句一韵且一韵到底，却思绪相承、一气卷舒，可以说是最早由文人创作的体制完整的七言诗，是所谓言"叠韵歌行之祖"（王尧衢语）。它们"不仅为乐府产生一新体制,实亦为吾国诗学界开一新纪元"(萧涤非《汉魏六朝乐府文学史》)。

曹丕的五言诗,有的酷似民歌,如《钓竿行》:"东越河济水,遥望大海涯。钓竿何珊珊,鱼尾何簁簁。行路之好者,芳饵欲何为?"纯用隐语和比喻写男女之间的爱情。有的则近于古诗,如《杂诗二首》其二:"西北有浮云,亭亭如车盖。惜哉时不遇,适与飘风会。吹我东南行,行行至吴会。吴会非我乡,安得久留滞。弃掷勿复陈,客子常畏人。"诗写游子漂泊在外的感受,低回婉转,而言词浅近。曹丕写得最多、最好的是那些以恋情离愁为题材的诗,这一方面反映出他的诗歌创作深受民歌的影响,同时也说明他诗中表现的生活感受比较单一。写恋情离愁的诗,多为拟、代之作,诸如《于清河见挽船士与妻别》《代刘勋妻王氏杂诗》《寡妇诗》(序云:友人阮元瑜早亡,伤其妻孤寡,为作此诗),从诗题、序就可看出他是代人言情。虽然诗中不乏想象之词,但他善于言情,总能深微细致地道出难言之痛。由于曹丕多写这类题材,故其诗风纤弱、舒缓。刘勰说"魏文之才,洋洋清绮""子桓虑详而力缓……而乐府清越"(《文心雕龙·才略》),沈德潜说"子桓诗有文士气,一变乃父悲壮之习矣。要其便娟婉约,能移人情"(《古诗源》卷五),而陈祥明说"子桓笔姿轻俊,能转能藏,是其所优。转则变宕不恒,藏则含蕴无尽,其源出于《十九首》,淡逸处弥佳,乐府雄壮之调,非其本长"(《采菽堂古诗选》卷五)。大抵其诗之美,美在凄怆、清绮、婉约,与其所用题材大有关系。

曹丕今存辞赋二十八篇(包括残篇)。其中有记行述征的,如《愁霖赋》《喜霁赋》《济川赋》《述征赋》《浮淮赋》等;有写游览、校猎活动的,如《登台赋》《登城赋》《校猎赋》等;有写河、海之景的,如《临涡赋》《沧海赋》等;有咏物的,如《玉玦赋》《弹棋赋》《玛瑙勒赋》《车渠椀赋》以及《迷迭香赋》《槐赋》《柳赋》《莺赋》等;有自道人生感触的,如《戒盈赋》《感物赋》《离居赋》《感离赋》《永思赋》《哀己赋》等;有代人言悲或直写他人悲苦境遇的,前者如《出妇赋》《寡妇赋》,后者如《蔡伯喈女赋》。这些赋作虽取材有异,大都篇幅短小,抒情味浓。出语多以四言、六言、七言为句,而篇篇用韵。除少数作品以体物为主外,多数带有浓郁的情感色彩。而且所抒之情,多悲戚而少快乐。如《柳赋》咏物,其序却说:"昔建安五年,上与袁绍战于官渡。是时余始植斯柳,自彼迄今,十有五载矣。左右仆御已多亡,感物伤怀,乃作斯赋。"同样,《莺赋》之序也说:"堂前有笼莺,晨夜哀鸣,凄若有怀,怜而赋之。"都是托物抽思,以赋述哀,并且词随情出,言之真切。又如下面两篇小赋并序:

建安十六年,上西征,余居守。老母诸弟皆从,不胜思慕,乃作赋曰:

秋风动兮天气凉,居常不快兮中心伤。出北园兮彷徨,望众墓兮成行。柯条憯兮无色,绿草变兮萎黄。脱微霜兮零落,随风雨兮飞扬。日薄暮兮无悰,思不衰兮愈多。招延伫兮良久,忽踟蹰兮忘家。

——《感离赋》

丧乱以来，天下城郭丘墟，惟从太仆君宅尚在。南征荆州，还过乡里，舍焉。乃种诸蔗于中庭，涉夏历秋，先盛后衰，悟兴废之无常，慨然永叹，乃作斯赋。

伊阳春之散节，悟乾坤之交灵。瞻玄云之䨴郁，仰沉阴之杳冥。降甘雨之丰沛，垂长溜之泠泠。堀中堂而为圃，植诸蔗于前庭。涉炎夏而既盛，迄凛秋而将衰。岂在斯之独然，信人物其有之。

——《感物赋》

《感离赋》写对父母、诸弟的思念，《感物赋》写作者目睹庭中"诸蔗"先盛后衰而"悟兴废之无常"的慨叹，都是实写人生感受，而言"思"道"悟"，无不情真意切，凄恻动人。

三、曹植的诗歌和辞赋

（一）曹植的诗歌

曹植（192—232），字子建，曹丕之弟，曹操的第四个儿子。他是建安时期创作成就最高的作家，现存完整的诗八十余首，辞赋、书笺四十余篇。

曹植自幼聪敏好学，年十岁余，就能诵读《诗》《论》及辞赋数十万言。自云"少小好为文章"（《与杨德祖书》），又说："少而好赋，其所尚也，雅好慷慨，所著繁多。"（《文章序》）他十几岁写的文章已很出色，以至曹操误以为他是请人写的。及至铜雀台，曹操当面命他作赋，曹植援笔立成，而且文辞可观，才引起曹操的惊异。曹植"性简易，不治威仪。舆马服饰，不尚华丽。每进见难问，应声而对，特见宠爱"。二十岁封平原侯，二十三岁徙封临淄侯。曹操几度想立他为太子，"而植任性而行，不自彫励，饮酒不节。文帝御之以术，矫情自饰，宫人左右，并为之说，故遂定为嗣"（《三国志·魏书·陈思王传》）。有这一段经历，遂使曹丕父子和曹植有着尖锐的矛盾，这个矛盾直接影响着曹植的生活境遇。大抵以曹丕称帝为界，曹植的生活和创作可以分为前后两个时期。

前期的曹植，生活优裕，上有父母宠爱，下有同好相从；上马则随父南征北讨，提笔则偕友吟诗作赋。自言"犹庶几戮力上国，流惠下民，建永世之业，流金石之功，岂徒以翰墨为勋绩，辞赋为君子哉"（《与杨德祖书》）。曹植壮志在胸，意气昂扬，热情奔放，对前途十分乐观自信，这个时期的诗歌创作也反映出这种精神面貌。请看《白马篇》中所写的英雄少年：

白马饰金羁，连翩西北驰。
借问谁家子？幽并游侠儿。
少小去乡邑，扬声沙漠垂。
宿昔秉良弓，楛矢何参差。
控弦破左的，右发摧月支。
仰手接飞猱，俯身散马蹄。
狡捷过猴猿，勇剽若豹螭。

>　　边城多警急，虏骑数迁移。
>　　羽檄从北来，厉马登高堤。
>　　长驱蹈匈奴，左顾陵鲜卑。
>　　弃身锋刃端，性命安可怀！
>　　父母且不顾，何言子与妻！
>　　名编壮士籍，不得中顾私。
>　　捐躯赴国难，视死忽如归。

诗从游侠儿连翩奔驰的雄姿写起，先出战马，再出骑手，继而写他们本领的高强和驰骋战场、为国立功的壮举，最后写出他们的精神境界，描绘出一群武艺高超、为国赴难、视死如归的少年英雄的形象。诗人写游侠儿也是写他自己，是借对他们崇高精神的礼赞来抒发自己渴望为国建功立业，甚至不惜壮烈牺牲的远大抱负。他在《虾䱇篇》中歌颂那位"高念翼皇家，远怀柔九州。抚剑而雷音，猛气纵横浮"的"壮士"，将他比作鸿鹄，而把那些"势利唯是谋"的庸俗之辈比作虾䱇和燕雀，也反映出诗人所追求的理想。早期的曹植，充满积极进取的乐观精神，其诗也写到志向难以实现的苦闷。《赠徐干》本是慰勉徐干，但说："宝弃怨何人？和氏有其愆。弹冠俟知己，知己谁不然？"表明曹植自己也为无人发现自己的才能、重用自己的才能而深有感慨。

曹植前期诗歌中有不少是叙酣宴、纪游乐的，如《公䜩》《斗鸡篇》《箜篌引》（一作《野田黄雀行》）《侍太子座》等。诗写邺下文人集团诗酒流连的生活，谢灵运说是"但美遨游，不及世事"（《拟〈邺中集〉序》），思想意义不高。但他也有写汉末社会动乱的好诗，可以《泰山梁甫行》和《送应氏》二首为代表。

>　　八方各异气，千里殊风雨。
>　　剧哉边海民，寄身于草墅。
>　　妻子象禽兽，行止依林阻。
>　　柴门何萧条，狐兔翔我宇。
>　　　　　　——《泰山梁甫行》

>　　步登北邙阪，遥望洛阳山。
>　　洛阳何寂寞，宫室尽烧焚。
>　　垣墙皆顿擗，荆棘上参天。
>　　不见旧耆老，但睹新少年。
>　　侧足无行径，荒畴不复田。
>　　游子久不归，不识陌与阡。
>　　中野何萧条，千里无人烟。
>　　念我平生居，气结不能言。
>　　　　　　——《送应氏二首》其一

这两首诗作于作者早年，写洛阳经过董卓之乱后的残破景象，虽不能和曹操的"诗史"之作等量齐观，但也真实地反映了那个时代的社会面貌，具备建安诗歌的典型特征。

曹植的后期生活经历了两个阶段：一是文帝（曹丕）在位的七年，二是明帝（曹叡）在位的六年。曹丕立为太子后即已深忌曹植，及至即位，对他的防范、迫害就更加露骨。先是杀掉了曹植的心腹朋友丁仪、丁廙兄弟，继而又命令他离开京城到封地去。第二年又借故将他贬为安乡侯，继而改封为鄄城侯，并对他的行动严加控制。明帝即位，这种状况仍未改变，不过外示尊崇而内加羁縻愈甚而已。曹丕父子当权，曹植多次改换封号，迁徙居地，虽几番上表要求试用，为国效力，终不能得。这种处境使他郁郁寡欢，忧愤日增。忠而见疑，动辄得咎，名曰王侯，实为囚徒，哪里还谈得上奋其智能，施展抱负！因而曹植后期的诗沉郁悲壮，尤多慷慨之音。言志抒怀往往多用譬喻，曲折隐蔽、掩抑吞吐之至。他也歌咏自己的才干，"怀此王佐才，慷慨独不群"（《薤露行》)，但那是为了抒发有才不得施展的苦闷。他也写对理想的追求，但这种追求却少有早年乐观自信的情调，而是带着一种难以摆脱的悲愁气氛。如《杂诗六首》之五：

仆夫早严驾，吾行将远游。
远游将何之？吴国为我仇。
将骋万里途，东路安足由？
江介多悲风，淮泗驰急流。
愿欲一轻济，惜哉无方舟。
闲居非吾志，甘心赴国忧。

诗以紧问紧答的方式托出"吴国为我仇"，说明自己不甘闲居，希望踏上征途去为消灭敌国效力。无奈江上悲风激越，水流湍急，无船可渡江河。诗用比兴手法，表现出诗人胸怀壮志却无法实现的巨大痛苦。

《杂诗》"南国有佳人"，写一位美女深感"俯仰岁将暮，荣曜难久恃"；《美女篇》写一位容华出众、心"慕高义"、志在"思贤"的佳人"盛年处房中，中夜起长叹"，都是通过描写美女的现实境遇悲苦感受来表现诗人不能及时为世所用的隐忧。而《吁嗟篇》则是以"转蓬"为喻，通过极写蓬草的"流转无恒处，谁知吾苦艰"，来反映他"十一年中而三徙都"（《魏书》本传）的漂泊不定的生活。有时诗人也以弃妇、孤妾自比，通过写她们的幽怨来表现自己遭到曹丕父子排斥、压抑的痛苦。著名的《七哀》（一名《怨诗行》）即是。诗云：

明月照高楼，流光正徘徊。
上有愁思妇，悲叹有余哀。
借问叹者谁？言是宕子妻。
君行逾十年，孤妾常独栖。
君若清路尘，妾若浊水泥。
浮沉各异势，会合何时谐？

愿为西南风，长逝入君怀。

君怀良不开，贱妾当何依？

此诗起首二句写景如画，渲染出浓重的抒情气氛。后面连用两比喻写孤妾心思，愈转愈深。她既明彼此浮沉异势，却又幻想二人会合有期；既"愿为西南风，长逝入君怀"，又担心"君怀良不开，贱妾当何依"，真是一腔愁思，纠结难解。联想到曹丕当权时诗人说："愿欲披心自说陈，君门以九重，道远河无津。"（《当墙欲高行》）。

《赠白马王彪》是曹植的代表作，它集中抒发了诗人遭到曹丕迫害的悲愤心情。诗分七章，各章首尾之间采用顶真格的修辞形式，纵然情感曲折复杂，仍有脉络可寻。黄初四年（223 年），曹植、曹彪和任城王曹彰同到洛阳朝会，结果曹彰不明不白地死在洛阳（《世说新语》说是被曹丕毒死的），而当他和白马王曹彪要求同路回到封地时，又受到阻拦。于是"植发愤告离而作诗"（《魏书·陈思王传》注引《魏氏春秋》）。诗首章写对京城洛阳的依恋，次章写归途之艰难险阻，第三章承上二章情绪而来，直接谴责搬弄是非、离间他们兄弟感情的小人："鸱枭鸣衡轭，豺狼当路衢。苍蝇间白黑，谗巧令亲疏。"这里说的是小人可恶，怨愤的真正对象却是曹丕。第四章写途中所见秋景，一片萧条冷落景象。诗人"感物伤我怀，抚心常太息"，情绪已由愤激转为感伤。此情此景，正为下面寄慨起了引发作用。第五章便由痛悼曹彰的"一往形不归"，写到他"自顾非金石，咄唶令心悲"。表面上诗人把生死存亡归于天命，实际上对己身难保充满忧虑。今日何日？曹彰骁勇，尚且一朝暴毙，吾性懦弱，焉能久处人世！曹植真是悲伤到了极点。第六章却另起波澜，仿佛已从痛苦中挣脱出来了。诗云：

心悲动我神，弃置莫复陈！

丈夫志四海，万里犹比邻。

恩爱苟不亏，在远分日亲。

何必同衾帱，然后展殷勤！

忧思成疾疢，无乃儿女仁。

仓卒骨肉情，能不怀苦辛！

其实这是故作旷达之言，自我宽慰，也用以劝慰曹彪。隐藏在这乐观言词后面的是难以尽言的悲哀。故最后一章忍不住一声长叹："变故在斯须，百年谁能持！离别永无会，执手将何时？王其爱玉体，俱享黄发期。"既然变故不可料，何来"俱享黄发期"？叮咛之言，亦饱含悽怆。这首诗写出了诗人心中的悲愤，情调时而激扬，时而凄凉，总是一团激愤之气在那里盘旋。他的《圣皇篇》与此诗同一主旨，谴责曹丕对兄弟毫无"爱恋""顾念""仁慈"之情，表达得更为深婉。

《野田黄雀行》属比兴体，"语悲而调爽"（陈祚明《采菽堂古诗选》卷六）。诗云：

高树多悲风，海水扬其波。

利剑不在掌，结友何须多！

不见篱间雀，见鹞自投罗。

罗家得雀喜，少年见雀悲。

拔剑捎罗网，黄雀得飞飞。

飞飞摩苍天，来下谢少年。

这诗是有寄托的，盖因丁仪被囚而希望有权力者施以援手而作。诗中"高树"指居高位者，实暗指曹丕；"海水"指曹丕的亲近臣僚。首二句是写曹植及其知交所处环境的险恶。其他形象皆有所指。诗末"拔剑捎罗网，黄雀得飞飞。飞飞摩苍天，来下谢少年"，集中地表现了诗人迫切的热望之情。王夫之说这几句"悠然如春风之微歌"（《船山古体诗评选》卷一），正说出了诗人喜不自胜的欢快心情。

曹植诗集中有十几首以游仙为题材的诗，它们表现了诗人对自由生活的向往，是他在现实中找不到出路的反映。其实他并不相信神仙，说是"虚无求列仙，松子久吾欺"（《赠白马王彪》）。他在诗中一再说"四海一何局！九州安所如？韩终与王乔，要我于天衢。万里不足步，轻举凌太虚"（《仙人篇》）；"九州不足步，愿得凌云翔。逍遥八纮外，游目历遐荒"（《五游咏》）；"人生不满百，戚戚少欢娱。意欲奋六翮，排雾凌紫虚。蝉蜕同松乔，翻迹登鼎湖。翱翔九天上，骋辔远行游"（《游仙》），只不过表明他在现实生活中抑郁太甚而不得舒展而已。

曹植的诗卓有特色。敖陶孙说："曹子建如三河少年，风流自赏。"（《诗评》）这话只适宜概括他前期诗歌中的某些篇章。还是钟嵘讲得全面："魏陈思王植，其源出于《国风》。骨气奇高，词采华茂，情兼雅怨，体被文质。"（《诗品》卷上）曹植说："慷慨有悲心，兴文自成篇。"（《赠徐干》）其诗慷慨悲凉而有豪逸之美，工丽秀雅而又显得清新。"其浑雄苍老，有时或不及乃父；清莹悲凉，有时或不及乃兄。然不能不推子建为极。"（吴淇《六朝选诗定论》卷五）其"微婉之情，洒落之韵，抑扬顿挫之气，故不可以优劣论也"（张戒《岁寒堂诗话》卷上）。具体说来，曹植的五言诗（占所存诗作中的多半）格调高雅，文采缤纷，它们来自民歌而又高于民歌，是典型的文人诗。这些诗（包括乐府和徒诗）一方面继承了汉乐府写实的艺术传统，在题材开掘、表现手法方面吸取了它们的长处，另一方面又有大的发展。其表现为：一是扩大了诗的表现范围，诗人用它描叙社会动乱、表现个人遭遇，或抒怀、或说理、或写景、或赠答，无所不写，充分显示出五言诗的表现力。

二是曹植的五言诗不像汉乐府那样偏于叙事而增强了抒情性。他有的诗起笔便是写景，创造出一种抒情气氛，使人一读诗就感到他心情的不平。如《野田黄雀行》中的"高树多悲风，海水扬其波"，《七哀》中的"明月照高楼，流光正徘徊"，《杂诗》其一中的"高台多悲风，朝日照北林"，《赠徐干》中的"惊风飘白日，忽然归西山"等即是。沈德潜说"陈思极工起调"（《说诗晬语》卷上），就是指这种情形。他还有些诗虽然是极尽描叙之能事，但目的还是抒慨。如《美女篇》：

美女妖且闲，采桑歧路间。

柔条纷冉冉，落叶何翩翩！

攘袖见素手，皓腕约金环。

头上金爵钗,腰佩翠琅玕。
明珠交玉体,珊瑚间木难。
罗衣何飘飘,轻裾随风还。
顾盼遗光彩,长啸气若兰。
行徒用息驾,休者以忘餐。
借问女安居?乃在城南端。
青楼临大路,高门结重关。
容华耀朝日,谁不希令颜?
媒氏何所营?玉帛不时安,
佳人慕高义,求贤良独难。
众人徒嗷嗷,安知彼所观。
盛年处房室,中夜起长叹。

这诗除直接描写女子形体的美和神态的美以外,还借助旁人望之入迷的举动来衬托她的美,这些都受到乐府《陌上桑》写法的影响。但此诗后半写佳人内心的美,却极富抒情色彩。实际上,诗人极写其形貌的美、内心的美都是为了突出佳人的"盛年处房室",借她的形象抒发自己的身世之慨。

三是改变了乐府民歌质朴鄙俚的特点,言辞藻丽。曹植的诗多有寄托,实是文人的咏怀诗,因此不可能像民歌那样单纯质朴,在语言上讲究修辞的美。胡应麟说子建诗"辞极赡丽,然句颇尚工,语多致饰。视东西京乐府,天然古质,殊自不同"(《诗薮》内编卷二)。我们只要读《名都》《美女》《白马》诸篇,再读读汉乐府中的《孤儿行》《病妇行》等篇,就会有这种感觉。曹植能创造性地学习民歌的长处,使他的乐府、古诗既文采华茂而终不离闾里歌谣之质,是与他的艺术修养和严肃的写作态度分不开的。诗人除饱读《诗》《论》等古籍以外,还十分重视民间文学。他说过:"夫街谈巷说,必有可采。击辕之歌,有应风雅;匹夫之思,未易轻弃也。"(《与杨德祖书》)他还爱作谜语,背得许多"俳优小说"(《魏书·王粲传》注引《魏略》)。此外,他还主张对文章多作修改,说:"世人之著述,不能无病。仆常好人讥弹其文,有不善者,应时改定。"(《与杨德祖书》)当然,其文佳句连篇,斐然成章,也与他文学才能卓异分不开。谢灵运说:"天下才有一石,曹子建独占八斗。"(宋无名氏《释常谈》卷中引,见《说郛》卷十二)虽不无夸张,若论曹植诗才超越时人,亦足以当之。

(二)曹植的辞赋

曹植虽然说过"辞赋小道,固未足以揄扬大义,彰示来世也"(《与杨德祖书》),其言或如鲁迅所说乃"违心之论"(《魏晋风度及文章与药及酒之关系》)。他一生作赋甚多,其自编《前录》即收赋七十八篇,《自序》亦谓"余少而好赋,其所尚也,雅好慷慨,所著繁多"。事实上,曹植是建安时期作赋最多的作家。

曹植的辞赋，题材多种多样，内容十分丰富，表现形式富于变化。有直抒胸怀而言志的，如《感婚赋》《静思赋》《闲居赋》《离思赋》《释思赋》《归思赋》《秋思赋》《九愁赋》《玄畅赋》《洛神赋》等；有拟、代他人而言愁的，如《愍志赋》《出妇赋》《叙愁赋》等；有记征述行的，如《东征赋》《述行赋》《喜霁赋》等；有咏物的，如《九华扇赋》《车渠椀赋》《宝刀赋》《酒赋》《芙蓉赋》《槐赋》《橘赋》《蝉赋》《蝙蝠赋》《神龟赋》《鹦鹉赋》《鹖赋》《白鹤赋》《离缴雁赋》《鹞雀赋》等；有写游观感受的，如《登台赋》《娱宾赋》《游观赋》《感节赋》《节游赋》等。

曹植的辞赋除有建安辞赋抒情性强、篇幅短小、文辞美丽、赋中有诗等一般特征外，突出特点有二：

一是曹植辞赋创作和诗歌创作一样，也有前后期的不同。这种不同，主要表现在题材的选择和风格的变化上。大抵前期多记征述行之作、拟代之作和咏物之作，虽也写到生活感受（如《大暑赋》《闲居赋》），甚至自言其愁（如《怀亲赋》《离思赋》），但总给人一种明朗、单纯、意气洋洋的感觉。后期的辞赋则多写他受到曹丕父子防范、排挤、压制的境遇，以及由此带来的精神上的痛苦，赋风亦由早年的"雅好慷慨"，转为以沉郁、悲凉为主。如《九愁赋》直言被曹丕所"放"的悲苦之感，既谓"恨时王之谬听，受奸枉之虚辞。扬天威以临下，忽放臣而不疑"。又一再说自己"虽危亡之不豫，亮无远之君心"。"谓内思而自策，算乃昔之愆殃。""旷年载而不回，长去君乎攸远。""知犯君之招咎，耻干媚而求亲。""亮无怨而弃逐，乃余行之所招。"作者被"放"，本是"怀愤激以切痛，若回刃之在心"，却不断地自怨自艾，归结为咎由自取。赋中叙事抒怀，所用愁、怨、悲、痛之字俯拾即是，可谓文辞凄切，语语含哀。其《节游赋》《感节赋》本写游观之事，却充满伤感情绪。前者说："丝竹发而响厉，悲风激于中流。且容与以尽观，聊永日而志愁。嗟羲和之奋迅，怨曜灵之无光。念人生之不永，若春日之微霜。谅遗命之可纪，信天命之无常。"后者说："见游鱼之涔灂，感流波之悲声。内纡曲而潜结，心怛惕以中惊。匪荣德之累身，恐年命之早零。"谢灵运说"公子（指曹植）不及世事，但美遨游，然颇有忧生之嗟"（《拟魏太子邺中集诗序》）。显然，曹植"颇有忧生之嗟"不仅见于诗作，还见于赋作。不过，此类赋作并非其"不及世事"之作，而是饱经人生忧患的结果。他在游观中触物兴感而频频发出忧生之嗟，固然有人生苦短，"悲予志之长违"（《临观赋》）的一面，但也说明他在险恶的政治境遇中，内心常有对生命难保的忧虑。作者怀着这种心态作赋，沉郁、悲凉自为其风格取向。

二是表现艺术的多样性。曹植以赋抒怀言志，即物明理，在艺术表现形式上做过多种探索和尝试。除体物以显物性、拟代以道人情外，其抒怀言志，还用到了下面几种手法。

其一，以骚为赋，反复陈说"以忠言而见黜"的悲苦愁怨。《九愁赋》即以"践南畿之末境""登高陵而反顾""窜江介之旷野""俾予济乎长江""顾南郢之邦壤"为线索，写被"放"途中所见的凄凉景象和"惨毒"之感，反复诉说"时王之谬听"、自己"信无负于时王"和"知犯君之招咎"。不但反复陈说、淋漓尽致地写愁写怨类似《离骚》，就连赋中用语也多与楚辞同。故前人称此赋乃"楚骚之遗"，"文辞凄咽深婉，何减灵均"（丁晏语）。

"若论文章，则伯仲屈平，贾、宋诸人未堪与俦（沈嘉语）。"

其二，言志说理，有意学习司马相如大赋的构思方法。《玄畅赋》，写作者在政治上迭遭打击后对人生态度、方式（归于玄学人生境界）的思考。其《序》即谓"庶以司马相如为《上林赋》，控引天地古今，陶神知机，摘理表微"。赋中有云：

思荐宝以继佩，怨和璞之始镌。思黄钟以协律，怨伶夔之不存。嗟所图之莫合，怅蕴结而延伫。志鹏举以补天，蹴青云而奋羽。舍余驷而改驾，任中才之展御。望前轨而致策，顾后乘而安驱。匪逞迈之短修，长全贞而保素。弘道德以为宇，筑无怨以作藩。播慈惠以为圃，耕柔顺以为田。不愧景而惭魄，信乐天之何欲。逸千载而流声，超遗黎而度俗。

赋中说迭遭打击、有才不能为君所用，皆用古今人事和现实生活细节作喻，不单辞达意明，而且说得生动。"弘道德以为宇"数句，分明学的是《上林赋》中"游于六艺之囿，驰骛乎仁义之途。览观《春秋》之林……悲《伐檀》、乐乐胥。修容乎《礼》园，翱翔乎《书》圃"等句造句的思维方式而自有变化，都有用形象语言说抽象道理而"摘理表微"的特点。

其三，学习汉代俗赋的表现艺术。曹植对民间文学的语言风格和表现艺术十分欣赏，作诗作赋往往取而用之。其《鹞雀赋》，先写鹞欲食雀，雀逃到枣树上躲过灾祸，再写二雀相逢，罹祸者向雌鸟倾诉得以逃脱的感觉。赋用对话形式写鹞雀相争，云：

鹞欲取雀。雀自言："雀微贱，身体些小，肌肉瘠瘦，所得盖少。君欲相啖，实不足饱。"鹞得雀言，初不敢语。"顷来憾轲，资粮之旅。三日不食，略思死鼠。今日相得，宁复置汝！"雀得鹞言，意甚怔营。"性命至重，雀鼠贪生。君得一食，我命是倾。皇天降监，贤者是听。"鹞得雀言，意甚怛惋。"当死毙雀，头如蒜颗。不早首服，烈颈大唤。行人闻之，莫不往观。"雀得鹞言，意甚不移。依一枣树，丛萪多刺。目如擘椒，跳萧二翅。我当死矣，略无可避。鹞乃置雀，良久方去。

后写雀儿遇难未死之感受，也用对话形式。云：

二雀相逢，似是公妪。相将入草，共上一树。仍叙本末，辛苦相语。"向者近出，为鹞所捕。赖我翻捷，体素便附。说我辨语，千条万句。欺恐舍长，令儿大怖。我之得免，复胜于兔。自今徙意，莫复相妒。"

此赋将鹞的霸道、恃强凌弱和雀儿的机警、善辩和脱险归来的感受写得何等生动！所写寓言故事自是对一种社会现象的概括，构思方法和表现艺术则受到汉代《神鸟赋》（1993年江苏省东海县尹湾村汉墓竹简所记）一类俗赋的影响。赋中用语通俗、生动，有的说得俏皮而浅近、形象，如同口语。如"头如果蒜"之"果蒜"，即为汉代"俗间常语"（赵岐《三辅决录》，颜之推《颜氏家训·书证》引）。

其四，巧用比兴，托美女以言志。这是《离骚》、古诗作者用过的方法，曹植也曾用来写诗抒怀。其赋用这种手法表达心志，写得最富情意美、词采美和艺术匠心的，是《洛神赋》。赋写"余"与"洛灵"的相互爱慕和终于不能结合的离恨，描绘的是一片梦幻境界，表现的却是作者对文帝的期盼和愿望难以实现的苦闷。《序》谓："黄初三年，余朝京师，归济洛川。古人有言，斯水之神名曰宓妃。感宋玉对楚王说神女之事，遂作斯赋。"赋实作于黄初四年（223年），立意当如何焯所说："植既不得于君，因济洛川作为此赋，托辞宓妃以寄心文帝，其亦屈子之志也。"（《义门读书记·文选》卷一）其构思明显受到宋玉《神女赋》的启发，赋的主体内容（即"余"与"洛灵"情感交流之事）用"余"答"御者"之间的方式引出，而写"洛灵"形神之美，则极铺陈描绘之能事，想象之丰富、词采之华丽，较《神女赋》过之而无不及。如写其形态之美：

其形也，翩若惊鸿，婉若游龙。荣曜秋菊，华茂春松。仿佛兮若轻云之蔽月，飘飖兮若流风之回雪。远而望之，皎若太阳升朝霞；迫而察之，灼若芙蕖出渌波。秾纤得衷，修短合度。肩若削成，腰如约素。延颈秀项，皓质呈露。芳泽无加，铅华弗御。云髻峨峨，修眉联娟。丹唇外朗，皓齿内鲜。明眸善睐，靥辅承权。瑰姿艳逸，仪静体闲。柔情绰态，媚于语言。

或从情态着眼，或从动态下笔，或近观，或远望，种种比喻和细致描叙，画出一活脱脱的美女形象。又如写"洛灵"为"余"爱慕之心所动的情怀和举动，以及不能与之交接的怅惘：

于是洛灵感焉，徙倚彷徨。神光离合，乍阴乍阳。竦轻躯以鹤立，若将飞而未翔。践椒涂之郁烈，步蘅薄而流芳。超长吟以永慕兮，声哀厉而弥长……从南湘之二妃，携汉滨之游女。叹匏瓜之无匹兮，咏牵牛之独处。扬轻袿之猗靡兮，翳修袖之延伫。体迅飞凫，飘忽若神。凌波微步，罗袜生尘。动无常则，若危若安。进止难期，若往若还。转眄流精，光润玉颜。含辞未吐，气若幽兰……于是越北址，过南纤素领，回清阳，动朱唇以徐言，陈交接之大纲。恨人神之道殊兮，怨盛年之莫当。抗罗袂以掩涕兮，泪流襟之浪浪。悼良会之永绝兮，哀一逝而异乡。无微情以效爱兮，献江南之明珰。虽潜处于太阴，长寄心于君王。

赋写洛神与"余"离别时泪流浪浪、解珰相赠的神态、举动以及对他的郑重表白，将其情意绵绵的形象表现得何等逼真。这番描绘，反过来又进一步衬托出"余"对于洛神可望而不可即的失意之痛。使得下写"洛灵"消隐后，"余""背下陵高，足往神留。遗情想象，顾望怀愁。冀灵体之复形，御轻舟而上溯"所显现的无限眷恋之情真挚感人。

第二节　"建安七子"和蔡琰

一、"建安七子"的诗、赋

"七子"之称最早见于曹丕《典论·论文》，指的是建安时期七位有代表性的作家，他们是孔融、陈琳、王粲、徐干、阮瑀、应玚、刘桢。其中孔融年岁最大，长于散文。因出身世族，在政治上反对曹操，为操所杀。其余六人都曾依附曹氏父子，做过一番事业。

"七子"中，创作成就最高的是王粲（177—217）。王粲字仲宣，山阳高平（今山东邹县西南）人。年轻时就以文才卓著受到过著名学者蔡邕的赏识。董卓迁都长安，王粲亦迁居长安，他的《七哀》（三首其一）诗写李傕、郭汜作乱时，关中的一片惨象。当时他十七岁，逃出长安后，准备到荆州投靠刘表。诗云：

　　西京乱无象，豺虎方遘患。
　　复弃中国去，委身适荆蛮。
　　亲戚对我悲，朋友相追攀。
　　出门无所见，白骨蔽平原。
　　路有饥妇人，抱子弃草间。
　　顾闻号泣声，挥涕独不还。
　　未知身死处，何能两相完？
　　驱马弃之去，不忍听此言。
　　南登霸陵岸，回首望长安。
　　悟彼下泉人，喟然伤心肝。

诗一发端，即斥军阀为豺虎，对他们制造的祸乱深表不满。然后在这个背景下叙写战乱给人民带来的苦难。中间既有概括描叙（"出门无所见，白骨蔽平原"），又有典型场面（饥妇弃子）的再现，画出一幅乱民流离图。最后写诗人的感触，表现出他对国事的关注和对人民的同情。诗人写的是自身见闻，因而生动深刻。但他又不是简单地叙事，而是带有强烈的抒情色彩。诗的情调苍凉，悲哀之感溢乎言外。他通过细节反映时代的方法对后代诗人颇有影响，何焯就说："'路有饥妇人'六句，杜诗宗祖。"（《义门读书记·文选》）沈德潜更明确地说："'未知身死处'二句，妇人之词。此杜少陵《无家别》《垂老别》诸篇之祖。"（《古诗源》卷六）

王粲今存赋二十六篇（包括残篇），其中有些是应曹丕、曹植之命而作的同题赋。名篇有《登楼赋》。此赋是建安时期抒情辞赋中的代表作。王粲依附刘表，本想有所作为，而刘表"以粲貌寝而体弱、通悦，不甚重也"（《三国志·魏志·王粲传》）。王粲登上当阳城楼，眺望异乡美景，心中便涌起无限感慨。赋的层次清晰，首写登楼所见，次叙怀乡之思，末言抱负难展之忧。情绪由舒缓而趋紧张，开端说因消忧而登楼，结尾却说因登楼而更生愁。赋的长处在于它以从容柔曼的语气充分写出了作者内心感情的变化，使人体会到作者隐忧之深。赋中景物描写对抒情起了很好的映衬作用。如首言"聊暇日以消忧"，便出以荆州物土富美之景；中言思乡，便出以家乡"壅隔"之景；末言内心苦痛，便出以凄凉之景。此赋写"登楼""四望"之景以抒怀的手法，对后来写登临亭、台、楼、阁、关隘以至山丘所见所感的诗、赋、散文的表现艺术，都有率先示范的作用。曹丕说："仲宣独自善于辞赋……至于所善，古人无以远过。"谢灵运说王粲"遭乱流寓，自伤情多"（《拟魏太子邺中诗序》）。这些话可以帮助我们理解王粲诗、赋长于抒情的艺术特色及其形成的原因。

王粲诗、赋颇负盛名，其诗"苍凉悲慨，才力豪健，陈思而下，一人而已"（方东树《昭昧詹言》卷二），其赋"亦魏、晋之赋首也"（《文心雕龙·诠赋》）。总论则如刘勰所说："仲宣溢才，捷而能密，文多兼善，辞少瑕累，摘其诗赋，则七子之冠冕乎！"（《文心雕龙·才略》）

刘桢（170？—217），字公干，东平（今山东泰安）人。今存诗十余首，几乎全为五言。诸如《公燕诗》《赠五官中郎将诗四首》《赠徐干诗》《斗鸡诗》《射鸢诗》等，虽也叙写怀抱，但诗的内容比较单薄。但历来论诗，对他评价很高。曹丕说："公干有逸气，但未遒耳。其五言诗之善者，妙绝时人。"（《与吴质书》）钟嵘称其诗"仗气爱奇，动多振绝，贞骨凌霜，高风跨俗。但气过其文，雕润恨少。然自陈思以下，桢称独步"（《诗品》卷上）。这种评价主要就他的《赠从弟三首》一类诗而言。《赠从弟三首》分别以"华叶纷扰溺"的蘋藻、"亭亭山上松"以及"羞与黄雀群"的凤凰为喻，形容从弟品格的美好，表现诗人对一种高尚情操的向往，格调不凡。但诗的语言比较质朴，艺术成就远远赶不上曹植和王粲。《赠从弟》之二云：

亭亭山上松，瑟瑟谷中风。

风声一何盛，松枝一何劲！

冰霜正惨凄，终岁常端正。

岂不罹凝寒？松柏有本性。

刘桢赋也多为应命之作。较有特色的，是他的《黎阳山赋》和《鲁都赋》。前者作于征讨刘表途中，后者写鲁都曲阜历史、山川、物产、民俗等诸多内容，两者都有气势宏大、情兴高逸之美。

陈琳（160？—217），字孔璋，广陵（今江苏江都县）人。阮瑀（170？—212），字元瑜，陈留（今河南陈留）人。陈、阮俱以章表书记见长，存诗甚少。二人诗风相近，他们的乐府诗都能以质朴的语言反映社会问题。陈琳的《饮马长城窟行》用"太原卒"与"内舍"夫妻书信往来的对话形式，揭露徭役带给人民的深重苦难，言词沉痛，感人至深，诗中有云：

长城何连连！连连三千里。

边城多健少，内舍多寡妇。

作书与内舍，便嫁莫留住。

善事新姑嫜，时时念我故夫子。

报书往边地，君今出语一何鄙！

身在祸难中，何为稽留他家子？

生男慎莫举，生女哺用脯。

君独不见长城下，死人骸骨相撑拄！

结发行事君，慊慊心意关。

明知边地苦，贱妾何能久自全？

诗中写秦时役卒筑城之苦，实是对现实生活的概括。所用对话形式显然受到《陌上桑》的影响，但它用语简练、质朴。随着对话的进展，逐渐敞开戍卒、寡妇凄楚的内心世界，使人为之震撼，诗人也借此表达出了自己的倾向。故沈德潜极称此诗对话之妙，说是"无问答之痕而神理井然，可与汉乐府竞爽矣"（《古诗源》卷六）。阮瑀的《驾出北郭门行》写一孤儿受到后母虐待的悲惨遭遇，从题材到表现形式都与汉乐府的《孤儿行》相像，但它反映的又是现实生活。诗末说"传告后代人，以此为明规"，表明作者劝诫世人不要虐待孤儿的写作动机是很明确的。和曹植、王粲比较，陈琳、阮瑀的乐府诗语言朴素，多用白描手法叙事，在风格上更接近汉乐府民歌的本色。

陈琳、阮瑀都写有《止欲赋》，二赋同写对女子强烈而真挚的爱，但抒情又拘于"发乎情，止乎礼义"的观念，终以"止欲"为结。与王粲的《闲邪赋》、应玚的《正情赋》、曹植的《静思赋》同一旨趣。陈琳另有《武军赋》，写袁绍破公孙瓒"武军（即以敌尸封土为垒，以彰武功）"之事（时在建安四年），赋写战争题材，铺陈渲染，夸张形容，气势雄壮，为众多同类题材作品所不及。葛洪即谓"等称征伐，而《出车》《六月》之作，何如陈琳《武军》之壮乎"（《抱朴子·钧世》）。

徐干（171—217），字伟长，北海（今山东寿光）人。他是学者，著有《中论》。曹丕说："伟长独怀文抱质，恬淡寡欲，有箕山之志，可谓彬彬君子矣。"（《与吴质书》）其诗深受民歌影响。如他的《室思》六首，明写闺怨，暗喻君臣关系，情至极深而出语自然。其三云：

浮云何洋洋，愿因通我辞。
飘飘不可寄，徙倚徒相思。
人离皆复会，君独无返期。
自君之出矣，明镜暗不治。
思君如流水，何有穷已时！

此章向称绝唱，尤其是后四句写思妇思恋之深，朴素、真挚。后人模拟者多，皆不及此。

应玚（170？—217），字德琏，汝南（今属河南）人。曹丕说"应玚和而不壮"（《典论·论文》）。又说"德琏常斐然有述作之意，其才学足以著书"（《与吴质书》）。今存诗六首，内容一般。唯《别诗》二首叙写行役之愁，情词哀转。

徐、应均为辞赋名家。曹丕说"干之《玄猿》《漏卮》《圆扇》《橘赋》，虽张、蔡不过也"（《典论·论文》）。张溥说"德琏善赋，篇目颇多"（《汉魏六朝百三家集题辞·应德琏、休琏集题辞》）。二人赋作，除与曹丕兄弟赋作同题者外，徐干有大赋《齐都赋》，应玚有《灵河赋》《西狩赋》，都有气势宏大的特点。

二、蔡琰及其《悲愤诗》

蔡琰（174？—？），字文姬，陈留圉县（今河南杞县）人。她是著名学者蔡邕的女儿。博学有才，善辩，精通音律。幼年曾随父度过一段亡命流离的生活。十六岁嫁给河东卫仲道，不久因夫亡无子回娘家寡居。献帝兴平年间（194—195），她被董卓部属中的胡羌骑兵所掳（一说于献帝初平二年，即公元191年被掳），嫁南匈奴左贤王，在胡地十二年，生有二子。曹操念老友蔡邕没有后嗣，建安十二年（207年）特遣人以金璧赎回蔡琰。蔡琰归来嫁给董祀为妻，凭着记忆录得乃父文章四百余篇。

蔡琰有五言《悲愤诗》一首，长一百○八句，五百四十字。另有骚体《悲愤诗》和《胡笳十八拍》，内容虽与五言《悲愤诗》无大差别，然其词意冗复，体制亦与同时之七言诗不同，研究者多以为二诗系后人伪托之作。

五言《悲愤诗》是汉代第一部由文人创作的长篇叙事诗。诗以女主人公的生活经历为线索，揭露了汉末政治的黑暗、社会的混乱以及军阀混战的罪恶和人民遭受的苦难。它和民间长篇叙事诗《孔雀东南飞》可以合称为古代叙事诗中的双璧。它们的出现，标志着建安时期五言诗已经高度成熟。

《悲愤诗》是叙事诗，但它抒情色彩很浓。诗的前四十句原原本本地叙述女主人公被掳掠的经历，情词惨痛，它所提供的内容比历史记载丰富、生动得多。诗从董卓之乱的大背景写起，然后落到个人的遭遇上来。诗中说："卓众来东下，金甲耀日光。平土人脆弱，来兵皆胡羌。猎野围城邑，所向悉破亡。斩截无孑遗，尸骸相撑拒。马边悬男头，马后载妇女。长驱西入关，迥路险且阻。"读这些句子，我们就会想到史书上的有关记载：董卓遣其部将李傕、郭汜"击破河南尹朱儁于中牟，因掠陈留、颖川诸县，杀略男女，所过无复遗类"。"卓尝遣军至阳城，时人会于社下，悉令就斩之。驾其车重，载其妇女，以头系车辕，歌呼而还。"（《后汉书·董卓传》）董卓的暴乱，史书能道其大概，而被掳掠者的痛苦境遇却只有身经其事的作者才能细致入微地反映出来：

所略有万计，不得令屯聚。
或有骨肉俱，欲言不敢语。
失意机微间，辄言毙降虏！
要当以亭刃，我曹不活汝！
岂敢惜性命，不堪其詈骂。
或便加棰杖，毒痛参并下。
旦则号泣行，夜则悲吟坐。
欲死不能得，欲生无一可。
彼苍者何辜，乃遭此厄祸！

胡骑滥施淫威，难民在斥责声中战栗。她们既难免皮肉之苦，又饱受精神折磨，欲生不能，欲死不可，悲痛、绝望到了极点。曹操、王粲的诗写汉末动乱中人民的苦难，堪称实录，若论其艺术感染力，是比不上蔡琰的沉痛控诉这样震撼人心的。

中间四十句，写女主人公在胡地对家乡亲人的思念和被赎得归又与子别的惨痛心理。她在胡地的生活（诗中"人俗少义理"包含着她在南匈奴被蹂躏、被侮辱的种种遭遇）使她百般思念故乡，每当有人从外面来，她总是急切地打听家乡的情况，但来人总不是自己家乡的人。但当她被赎得归时，她又陷入新的痛苦之中。诗中叙写她们母子分别的情景，最为感人：

> 天属缀人心，念别无会期。
> 存亡永乖隔，不忍与之辞。
> 儿前抱我颈，问母欲何之。
> 人言母当去，岂复有还时。
> 阿母常仁恻，今何更不慈。
> 我尚未成人，奈何不顾思。
> 见此崩五内，恍惚生狂痴。
> 号泣手抚摩，当发复回疑。

儿子的天真质问和哀切恳求，激起母亲内心的剧烈悲痛，真是"悲莫悲兮生别离"（《楚辞·九歌》），更何况慈母、爱子！"见此崩五内，恍惚生狂痴。号泣手抚摩，当发复回疑"，这几句把母亲恋儿的撕心之痛写得多么真切。这段诗以及下写难友送别，字字句句都浸透着血泪，情景最为残酷。

诗的后二十八句写她在归途中和回到故乡后的见闻感受。她怀着恋子之愁踏上归途，回到故乡后见到的情况怎样呢？

> 既至家人尽，又复无中外。
> 城郭为山林，庭宇生荆艾。
> 白骨不知谁，纵横莫覆盖。
> 出门无人声，豺狼号且吠。

不在故乡想故乡，回到故乡又是如此惨象！在这样的境遇中，她不能不对自己的余生充满忧虑：

> 茕茕对孤景，怛咤糜肝肺。
> 登高远眺望，魂神忽飞逝。
> 奄若寿命尽，旁人相宽大。
> 为复强视息，虽生何聊赖。
> 托命于新人，竭心自勖励。
> 流离成鄙贱，常恐复捐废。
> 人生几何时，怀忧终年岁！

她回到故乡，感受不到亲人的温暖，只能在旁人的宽慰下勉强生活下去。再嫁新人，虽说有了归宿，然而自己几次嫁人，特别是久久流落胡地，使她有一种自卑自贱之感，深恐随时会遭到遗弃。诗就在这样一种悲不胜悲的气氛中结束。

诗中蔡琰的形象有很强的典型性，这个形象所具有的思想意义远远超出了作者个人遭遇的范围。人们从她身上，可以看到整个封建社会妇女地位的低下和她们在战乱中家破人亡、较之男子受到更多更深的侮辱、折磨而不能自主的命运。同时还能使人对东汉末年社会动乱的特点有一种感性认识。

《悲愤诗》的写作显然受到过汉乐府中以自述口吻叙事的叙事诗（诸如《十五从军征》《孤儿行》等）的影响，但它在规模、体制上却大大超过了它们。在艺术上有几点很突出：一是以叙事为主。二是挑选一些典型场面、细节，集中抒发诗人心中的悲愤。如被掳途中所受的虐待、在南匈奴与儿子分别时的情景。三是写出了人物曲折复杂的心理变化。如她急于南归，但又难舍儿子；她怀着希望归来，可回来后却得不到亲人的温暖；虽然再嫁新人，而她又自觉鄙贱，对未来的生活怀着恐惧心理。诗人一次又一次地陷入精神痛苦的旋涡中，诗感动人的重要原因就在于她真实地写出了这种曲折、复杂的心思。四是情感悲愤而言词朴素。诗人只是把她的亲身经历如实说出来，就像在和一位妇女谈心回忆往事一样，一点也不做作，一点也不隐晦。诗以哀痛为主，但"其词明白、感慨"（《竹庄诗话》卷二引苏轼语），不像"七子"含思宛转，不尽发露。句句语自肺腑中出，平易至极，却有强大的感染力。

第三节 阮籍和嵇康

一、阮籍的诗、赋、文

阮籍（210—263），字嗣宗，他是"建安七子"之一阮瑀的儿子。曾为司马师大将军从事中郎。高贵乡公即位，封关内侯，徙散骑常侍。为东平相，法令清简，旬日而还，得为司马昭从事中郎。后闻步兵厨营人很会酿酒，且有贮酒三百斛，于是求为步兵校尉，故世称阮步兵。

阮籍博览群书，尤好《庄子》《老子》。他本有济世之志，但生活在魏、晋交替时期，目睹政治昏暗、天下许多名士被杀的现实。他既不满意司马氏集团的篡权活动，也不满意曹魏统治集团的昏庸腐败、不思振作，但又不敢公开表示，只好采取韬光养晦的处世原则。他"虽不拘礼教，然发言玄远，口不臧否人物"（《晋书》卷四十九《阮籍传》），喜怒不形于色。或闭门读书累月不出，或登临山水经日忘归，而以醉饮为常。阮籍有许多异乎常人的举动。他能为青白眼，见到拘守礼俗的人，就用白眼看他，以示轻蔑。嵇喜前往阮家吊丧，阮籍翻以白眼，嵇康带酒携琴来吊，阮籍乃以青眼相对，以示喜爱。又"籍嫂尝归宁，籍相见与别。或讥之，籍曰：'礼岂为我设邪！'邻家少妇有美色，当垆沽酒。籍尝诣饮，醉便卧其侧。籍既不自嫌，其夫察之，亦不疑也。兵家女有才色，未嫁而死。籍不识其父兄，径往哭之。其外坦荡而内淳至，皆此类也。"（《晋书·阮籍传》）

实际上他的异常行动是他服膺老庄哲学，用来对抗礼法的一种手段。司马氏的爪牙钟会多次以时事问阮籍，想从阮籍的评议中搜集材料治他的罪，阮籍就用醉饮来躲避。司马昭为其子司马炎（后来的晋武帝）向阮籍求婚，阮籍便大醉六十天，使对方没有开口的机会。

阮籍的政治头脑是很清醒的，他对两大统治集团之间的斗争形势洞若观火。当曹爽辅政召他为参军时，他便以病辞而不受，不到一年，曹爽及其身边的名士果为司马懿所杀。正因洞察形势而自己又不愿委曲求全去干卑鄙的政治勾当，因而内心感慨尤深。当他登上广武山目睹楚汉相争的遗迹时，便感叹地说："世无英雄，遂使竖子成名！"这话实际上概括了他对魏、晋之际政治形势的看法。史书记载，阮籍经常驾车出游，任意奔驰。车走不通了，他就大哭一场，然后驾车而返。这种举动说明阮籍在那种政治背景下找不到出路，内心是多么苦闷，但他只能做些无言的反抗和挣扎。这种无言的反抗，力量是很有限的，所以当司马昭逼他写《劝进表》时，他虽欲以醉酒相避，却还是照样写了。他对名教也并不是彻底否定。当其子阮浑"少慕通达，不饰小节"时，他便劝道："仲容（阮咸，阮籍之侄）已豫吾此流，汝不得复尔！"（《晋书·阮籍传》）

（一）阮籍的诗歌

阮籍的诗有五言《咏怀》八十二首、四言《咏怀》十三首。这些诗并非写于一时一地，是他一生内心痛苦的自白。

五言《咏怀》感慨良多，从大的方面讲，包括下面几方面的内容。

一是表现诗人的孤独之感、忧生之嗟以及理想不能实现的忧伤之情。如《咏怀》其一：

夜中不能寐，起坐弹鸣琴。

薄帷鉴明月，清风吹我襟。

孤鸿号外野，翔鸟鸣北林。

徘徊将何见，忧思独伤心。

这首诗写的是诗人在那个时代的寂寞感、孤独感和他不能自已的忧思。他内心幽思烦乱，但又无从解脱，无法发抒，到了半夜尚不能入眠，于是"起坐弹鸣琴"。"弹鸣琴"是诗人为了从忧思中挣脱出来所做的努力。"薄帷鉴明月，清风吹我襟"，写明月照在薄帷上引起了他心中的悲哀。古诗云"明月何皎皎，照我罗床帷；忧愁不能寐，揽衣起徘徊"。月色容易勾起人们的寂寞之愁，阮籍就处在这种境界中。除了"明月""清风"所带来的寒冷、孤独感以外，他还听见"孤鸿号外野，翔鸟鸣北林"。孤鸿哀号是因为它失去了侣伴，担心自己会遇到杀身之祸；翔鸟在北林中鸣叫，是因为北林寒冷无法栖身。这种躁动不安、凄寒哀厉的气氛，能引发诗人什么样的感触呢？"徘徊将何见，忧思独伤心。"那些寂寞、冷清、凄凉之景不能给他带来快乐、带来安慰，倒使他更加感到绝望。他本想弹琴排忧，结果使忧愁更深。诗人生活在政治黑暗的时代，常恐遭祸，内心忧虑很深，但又不能直说，只能用隐晦曲折的手法来寄托感情。钟嵘说阮籍的诗"言在耳目之内，情寄八荒之表"（《诗品》上），是不错的。

《咏怀》也有明白发出忧生之嗟的。其三十三云：

一日复一夕，一夕复一朝。

颜色改平常，精神自损消。

胸中怀汤火，变化故相招。
　　万事无穷极，知谋苦不饶。
　　但恐须臾间，魂气随风飘。
　　终身履薄冰，谁知我心焦。

此诗生动地描写出诗人在人生道路上忧虑重重、痛苦不堪的憔悴形象，读完诗，我们对阮籍的旷放行为当会有更深的理解。其十七写诗人不合于世、游离世外的孤寂之感："独坐空堂上，谁可与欢者？出门临永路，不见行车马。登高望九州，悠悠分旷野。孤鸟西北飞，离兽东南下。日暮思亲友，晤言用自写。"诗中极写四望无人，所见唯鸟飞兽下，是说世上知音绝少，无人可以交接，心中之愁难以排遣。他心中最大的愁闷是什么呢？请看：

　　西方有佳人，皎若白日光。
　　被服纤罗衣，左右佩双璜。
　　修容耀姿美，顺风振微芳。
　　登高眺所思，举袂当朝阳。
　　寄颜云霄间，挥袖凌虚翔。
　　飘飘恍惚中，流眄顾我傍。
　　悦怿未交接，晤言用感伤。

　　　　　　　——《咏怀》十九

　　少年学击剑，妙伎过曲城。
　　英风截云霓，超世发奇声。
　　挥剑临沙漠，饮马九野垌。
　　旗帜何翩翩，但闻金鼓鸣。
　　军旅令人悲，烈烈有哀情。
　　念我平常时，悔恨从此生。

　　　　　　　——《咏怀》六十一

前者采用比兴手法，是用写佳人对我"悦怿"，而我未能与之交接所引起的感伤情绪，来寄托诗人理想不能实现的苦闷。后者则是以追忆的形式写他早就学得过人的本领（以击剑为喻）而始终未能施展的无穷遗恨。

二是表现诗人对人生无常、世事无常的感慨和对以玄学为本的人生境界的向往。如《咏怀》其五、其六云：

　　嘉树下成蹊，东园桃与李。
　　秋风吹飞藿，零落从此始。
　　繁华有憔悴，堂上生荆杞。
　　驱马舍之去，去上西山趾。
　　一身不自保，何况恋妻子？
　　凝霜被野草，岁暮亦云已。

　　　　　　——《咏怀》其五

天马出西北，由来从东道。
春秋非有托，富贵焉常保？
清露被皋兰，凝霜沾野草，
朝为媚少年，夕暮成丑老。
自非王子晋，谁能常美好！
　　　　　　——《咏怀》其六

世事无常、人生无常，自身难保，诗人苦无应对之术。他想到过求仙，想到过隐居，其《咏怀》四十二、六十二云：

危冠切浮云，长剑出天外。
细故何足虑，高度跨一世。
非子为我御，逍遥游荒裔。
顾谢西王母，吾将从此逝。
岂与蓬户士，弹琴诵言誓。
　　　　　　——《咏怀》四十二

朝阳不再盛，白日忽西幽。
去此若俯仰，如何似九秋。
人生若尘露，天道邈悠悠。
齐景升丘山，涕泗纷交流。
孔圣临长川，惜逝忽若浮。
去者余不及，来者吾不留。
愿登太华山，上与松子游。
渔父知世患，乘流泛轻舟。
　　　　　　——《咏怀》六十二

但"愿耕东皋阳，谁与守其真"（其六十四），"三山招松乔，万世难与期"（其八十），隐居、求仙都难以做到，最后只好用本于玄学的人生价值观和人生艺术来对待人生。如《咏怀》其二十二、四十八、七十二云：

幽兰不可佩，朱草为谁荣？
修竹隐山阴，射干临增城。
葛藟延幽谷，绵绵瓜瓞生。
乐极消灵神，哀深伤人情。
竟知忧无益，岂若归太清。
　　　　　　——《咏怀》二十

炎光延万里，洪川荡湍濑。
弯弓挂扶桑，长剑倚天外。
泰山成砥砺，黄河为裳带。
视彼庄周子，荣枯何足赖。
捐身弃中野，乌鸢作患害。
岂若雄杰士，功名从此大。

——《咏怀》四十八

世务何缤纷，人道苦不遑。
壮年以时逝，朝露待太阳。
愿揽羲和辔，白日不移光。
天阶路殊绝，云汉邈无梁。
濯发旸谷滨，远游昆岳傍。
登彼列仙岨，采此秋兰芳。
时路乌足争？太极可翱翔。

——《咏怀》七十

其四十八是用庄子的齐物观看待人得以长生和建立功名的意义，其二十二说"归太清"，其七十二说"太极可翱翔"，都是讲依归、顺从自然之可取，实是对以玄学为本的人生境界、处世态度的肯定。阮籍《咏怀》的艺术精神多半植根于玄学，于此可见。但他的诗涉玄理，是与表达真切的人生感受联系在一起的，并非为说玄理而说玄理。又所说玄理往往掩藏在意象、情感之中，直言明说者少。这类诗，实可称为哲思、情感、意象、词采的自然融合。是表现对曹魏统治集团昏溃、腐朽终将招致灭亡的痛恨和悲哀。其三十一云：

驾言发魏都，南向望吹臺。
箫管有遗音，梁王安在哉？
战士食糟糠，贤者处蒿莱。
歌舞曲未终，秦兵已复来。
夹林非吾有，朱宫生尘埃。
军败华阳下，身竟为土灰。

此诗用《战国策》中梁王魏婴为秦所败事，指出曹魏统治集团倒行逆施，势必自取灭亡。明帝在位，政治腐败，生活腐化，后宫所费与军费相等，又在洛阳、许昌大修宫殿，圈得猎场周广千余里，不求贤讲武以谋强国之事。眼看国势衰微，故作者"借古以寓今"，言其"不亡于敌国，则亡于权奸"。（陈沆《诗比兴笺》）

阮籍对曹魏统治集团既怒其不振，又对其遭到司马氏集团的宰割感到惋惜和悲哀。其十一云：

湛湛长江水，上有枫树林。
皋兰被径路，青骊逝骎骎。

远望令人悲，春气感我心。
三楚多秀士，朝云进荒淫。
朱华振芬芳，高蔡相追寻。
一为黄雀哀，泪下谁能禁！

此诗寓意当如刘履所说："正元元年，魏主芳幸平乐观，大将军司马师以其荒淫无度，褒近倡优，乃废为齐王，迁之河内，群臣送者皆为流涕。嗣宗此诗其亦哀齐王之废乎。盖不敢直陈游幸平乐之事，乃借楚地而言。"（黄节《阮步兵咏怀诗注》所引）作者在诗中指斥魏主的追逐荒淫，对他身边没有匡辅之臣发出慨叹，但更多的是为齐王遭人暗算而感到悲哀。

四是表现诗人对司马氏集团篡权活动的不满。其五十一云：
丹心失恩泽，重德丧所宜。
善言焉可长，慈惠未易施。
不见南飞燕，羽翼正差池。
高子怨新诗，三闾悼乖离。
何为混沌氏，倏忽体貌隳。

此诗首言曹魏厚施恩泽于司马氏，而司马氏却不以丹心相报，对魏主或废或诛，使其宗室摈却、骨肉冰释。末二句言司马氏奸诈有术，肆行篡弑，如同倏忽为混沌凿窍，将其置于死地一样。

阮籍是不敢公开谴责司马氏的篡权活动的，但他对司马氏鼓吹的名教和那些拘守名教的礼法之士的虚伪性却做了大胆的嘲笑。其六十七云：
洪生资制度，被服正有常。
尊卑设次序，事物齐纪纲。
容饰整颜色，磬折执圭璋。
堂上置玄酒，室中盛稻粱。
外厉贞素谈，户内灭芬芳。
放口从衷出，复说道义方。
委曲周旋仪，姿态愁我肠。

诗中写鸿儒形象，漫画式地描摹礼法之士的卑劣面貌，他们内外不一，言行相离；矫揉造作，丑态百出。诗人有意挑选礼法之士的不同举动作对比性的描写，嬉笑怒骂，效果强烈。礼法之士可笑可鄙，那司马氏鼓吹的名教价值如何，自然可知。

阮籍《咏怀诗》，意旨遥深，所写内容实难确指。如王夫之所言："其托体之妙，或以自安，或以自悼，或标物外之旨，或寄疾邪之思，意固径庭而言皆一致，信其但然而又不徒然，疑其必然而彼固不然。不但当时雄猜之渠长，无可施其怨忌，且使千秋以还了无觅脚跟处。"（《古诗评选》卷四）正因如此，上面对阮诗内容的分类只能是概而言之。

《咏怀诗》诗风含蓄蕴藉，颇多感慨之词而归趣难求，出语自然而少有琢炼痕迹。它们广泛运用比兴手法，用典较多，言在此而意在彼；抒情性强，但不如建安诗人显露。阮籍的诗重在表现感受，至于触发这种感受的具体生活内容却避而不谈。其原因正如颜延之所说："嗣宗身仕乱朝，常恐罹谤遇祸，因兹发咏，故每有忧生之嗟。虽志在刺讥，而文多隐避，百代之下，难以猜测。"（《文选》李善注引）虽然阮诗旨趣难以确指，但由于诗含哲理、情思而语多咏叹，又巧用比兴，即物喻理，故其诗读来有味，能使人思。如钟嵘所说："《咏怀》之作，可以陶性灵，发幽思。言在耳目之内，情寄八荒之表。洋洋乎会于风雅，使人忘其鄙近，自致远大。"（《诗品》上）《咏怀诗》脱离了五言诗模仿汉乐府的倾向，它的出现标志着五言诗在体制、韵律方面完全成熟，并且已经取得了稳固的独立地位。同时，也使诗歌在抒情化、个性化方面大大向前迈进了一步，打破了建安以前以颂扬、鉴戒为主的辞赋体，树立了个性鲜明、跳跃着诗人感情脉搏的新诗风。而它含蓄隐蔽的抒情方法，则为后来诗人们的抒情寄慨开辟了一种途径。陶渊明作《饮酒》二十首，江淹写《效阮公诗》十五首，庾信写《拟咏怀》二十七首，陈子昂作《感遇》三十八首，张九龄作《感遇》十二首，李白写《古风》五十九首，无不受到阮籍的启发。

（二）阮籍的辞赋

阮籍今存辞赋六篇。其中《鸠赋》《猕猴赋》以禽兽为题材，似有寄托。《鸠赋》序谓"嘉平中得两鸠子，常食以黍稷，后卒为狗所杀，故为作赋"。论者以为"两鸠子"似隐喻齐王曹芳与高贵乡公曹髦，赋中"狂犬之暴怒，加楚害于微躯"，似指司马师父子加害两魏帝事。《猕猴赋》，说猕猴"体多似而匪类，形乖殊而不纯；外察慧而内无度兮，故人面而兽心；性褊浅而干进兮，似韩非之囚秦；扬眉额而骤申兮，似巧言而伪真"，实是指猴骂人，痛斥"人面兽心"者的可恶。两篇咏物赋都带有寓言性质，以寻常禽兽说人生感受，意在言外，修辞策略与《咏怀诗》有相同处。

受玄学影响最深的，是《清思赋》。赋虽多想象、形容之词，实是以论为赋。所言之理不外赋首数句："余以为形之可见，非色之美；音之可闻，非声之善……是以微妙无形，寂寞无听，然后乃可以睹窈窕而淑清。故白日丽光。则季后不步其容，钟鼓闐铉，则延子不扬其声。夫清虚寥廓，则神物来集，飘飘恍惚，则洞幽贯冥，冰心玉质，则激洁思存，恬淡无欲则泰志适情。"所谓"清虚寥廓""飘飘恍惚""冰心玉质""恬淡无欲"，都是写"清思"应有之心境，总归为"不以万物累心"。从理论层面来看，赋讲"清思"可贵和如何方能"清思"，属于玄学认识论范畴，具体论述则涉及人的性情修养问题。而对"清思"心境的界定，实出于玄学以无为本的本体论。

（三）阮籍的散文

阮籍今存散文有《为郑冲劝晋王笺》《诣蒋公奏记辞辟命》《晋文王书荐卢播》《通易论》《通老论》（残篇）、《达庄论》《乐论》《大人先生传》《答伏义书》等。前三篇如刘师培所说："文虽雅健，非阮氏文章之本色也。"（《中国中古文学史讲义》第四课）能显露阮文本色的，是后面一组玄学论文和以服膺玄学人生理则而自得的《答伏义书》。诸文特点，大体如刘师培所说:"其意旨所寄,所为《大人先生传》,其体亦出于汉人设论(如《解嘲》之属),然杂以骚赋各体,为汉人所未有……《通易》综贯全经之义,以推论世变之由,其文体奇偶相成,间用韵语。《达庄论》亦多韵语,然词必对偶,以气骋词。《乐论》文尤繁富,辅以壮丽之词。阮氏之文,盖以此数篇为至美。别有《答伏义书》一书,亦是窥阮氏文体之概略。此文亦阮氏意旨所寄,观其文体,余可类推。"(《中国中古文学史讲义》第四课)所谓"阮氏意旨",即阮籍所持的玄学观念和据以观照社会、人生的体会。如《乐论》,即用玄学本体论说明乐的本质,认为乐的最高境界是与自然同体、与万物同体,即不受人世善恶之争、喜怒哀乐之情的干扰,而以依顺自然的和谐、自在为归。提出乐的美在于平淡无味,其感染力也在于平淡无味,对汉以来"以悲为乐"的观点持否定态度。《答伏义书》,则以自得语气称美自己所坚持的玄学人生观,且据以嘲讽儒生人生的"其陋可愧,其事可悲"。从其论、书可见,阮籍为文和作《咏怀》诗一样,惯于和善于用比兴手法言志抒怀。往往用一些超常的想象之词,创造奇特的形象、境界,以显示其理。这一点和《淮南子》很相似,故其文瑰丽可喜。不同于《淮南子》的是,阮文以气运词,文势震荡,语带锋芒。此类特点,也表现在《大人先生传》中。

《大人先生传》,名为传,实以论为主。可谓借传作论或纳论于传。阐发的是玄学家通于自然、与道周始的人生观。文中立论,主要是通过"大人先生"的三则答词、一段叹词和对他体道而行的描叙完成的。所谓"大人先生",就是文中说的"至人",即体道之人,是作者服膺玄学理想人格的化身。文中说他"以应变顺和,天地为家","直驰骛乎太初之中,而休息乎无为之宫"云云,都是对与道合一,超越一切有限事物,使个体人格精神获得绝对逍遥、自由,进入永恒、无限的境域,这样一种人生境界的形象性诠释。

就描叙手法而言,阮籍写大人先生似乎受到过屈原《远游》、司马相如《大人赋》的影响,但作为与道合一的人物形象的"原型",应是出自《庄子》所讲的"大人""真人""至人"形象。用大人和假设的人物对话,这种说理方式也主要取自《庄子》。至于驰骋想象,夸张形容,以瑰丽的言辞创造高远阔大境界和超尘脱俗的巨大形象,则与《淮南子》写"大丈夫""圣人""真人""至人"那些得道者体道而行的手法相似。

颇能显出《大人先生传》文风特征的,是"先生"对"遗书者(即礼法之士)"之书的答词。"先生"愤激作答,出语尖锐、泼辣,气势极盛。其言振振,快利无比。除挟怒作论外,反驳针锋相对,挞伐声讨,不胜其忿。言其事恶理非,敢于讥笑嘲讽以至于骂。如说礼法之士处于人世:

汝独不见乎虱之处于裈中,逃乎深缝,匿乎坏絮,自以为吉宅也。行不敢离缝际,动不敢出裈裆,自以为得绳墨也。饥则啮人,自以为无穷食也。然炎丘火流,焦邑灭都,群虱死于裈中而不能出,汝君子之处区内,亦何异夫虱之处于裈中乎?悲夫!而乃自以为远祸近福,坚无穷也!

又如说礼法之士"内险而外仁"的种种恶行:

今汝造音以乱声,作色以诡形,外易其貌,内隐其情,怀欲以求多,诈伪以要名,君立而虐兴，臣设而贼生。坐制礼法，束缚下民，欺愚诳拙，藏智自神。强者睽眠而凌暴，弱者憔悴而事人。假廉而成贪，内险而外仁，罪至不悔过，幸遇则自矜……于是惧民之知其然，故重赏以喜之，严刑以威之，财匮而赏不供，刑尽而罚不行，乃始有亡国、戮君、溃败之祸。此非汝君子之为乎？汝君子之礼法，诚天下残贼、乱危、死亡之术耳，而乃目以为美行不易之道，不亦过乎？此与《咏怀》"志在刺讥而文多隐避"不同，不但直述其恶、明言其非，且论断斩截，说尽说透，怒不可遏。文中多用反诘句，多用包容甚多短句的长句，使得文势如同排浪迭涌。

二、嵇康的诗、文

嵇康（223—262），字叔夜，谯国铚县（今安徽宿县西）人。博览群籍，无不该通，好《庄》《老》，善谈玄理。娶曹魏宗氏女为妻，官拜中散大夫。嵇康服膺玄学，不单追求精神上的返归自然、与道冥合，还企图将现实生活玄学化。要让现实生活具有审美意味、充满玄学艺术精神，使游心太玄成为实实在在的人生体验。因而他厌仕、厌俗、厌弃礼法、厌弃政争，厌弃一切妨碍他任性适意、依顺自然、心与道合的人与事。不但在行动上和礼法之士划清界限，还用玄学理论揭露、嘲笑礼法之士持论的荒谬。常常"非汤、武而薄周、孔"（《与山巨源绝交书》）。主张"从欲"以得"自然"，说仁义"非养真之术"、谦让"非自然之所出"，申言"不学未必为长夜，六经未必为太阳"（《难张辽叔自然好学论》），将"越名教"由不遵礼法演变为从根本上毁弃名教。司马氏肆行篡夺，他却提倡"崇简易之教，御无为之治，君静于上，臣顺于下"（《声无哀乐论》）。揭露彼等"凭尊恃势，不友不师；宰割天下，以奉其私"（《太师箴》）。不但如此，嵇康于其难堪之人，从不掩饰厌恶之情，动辄绝交，或置之不理，或冷言相对，或直斥其恶，以至于骂。随性犯俗，性烈如火，与阮籍不论时事、不臧否人物的"至慎"态度迥然不同。其为人如此，当然不为礼法之士所容。钟会即言于司马昭曰："嵇康，卧龙也，不可起。公无忧天下，顾以康为虑耳。"又说嵇康、吕安等"言论放荡，非毁典谟，帝王者所不宜容，宜因衅除之，以淳风俗"（《晋书·嵇康传》）。还说他"上不臣天子，下不事王侯；轻时傲世，不为物用；无益于今，有败于俗……今不诛康，无以清洁王道"（《世说新语·雅量》刘孝标注引《文士传》）。嵇康终为司马昭所害。嵇康一生反对礼教十分坚决，但他在《家诫》中却教诲自己十岁的儿子长大后要非礼勿动，甚至要他做些苟合世俗之事，可见他在思想上的矛盾是很深的。

（一）嵇康的诗歌

嵇康今存诗五十余首，五言多于四言，而以四言诗著称。陈祚明说嵇诗"四言中饶隽语，以全不似《三百篇》，故佳"，五言则为"时代所限，不能为汉音之古朴，而复少魏响之鲜妍，所缘渐沦而下也"（《采菽堂古诗选》卷八）。嵇诗清远、峻切，和阮籍的诗旨遥深不同。其诗径遂直陈，有言必尽，而少宛转之词，但境界高远，绝非浮浅之作。其乐府《代秋胡歌》言"富贵尊荣，忧患谅独多"，言"绝智弃学，游心于玄默"，玄理味重而感慨良多。刘熙载即谓"《秋胡行》贵玄默之致,而激烈悲愤,自在言外"(《艺概·诗概》)。《幽愤诗》是他入狱后写的,言词的峻切、情感的愤激,可和《与山巨源绝交书》并论,不过更显得忧思深重,愤慨中略含悲怆之意。诗写他年轻时就"抗心希古,任其所尚;托好老、庄,贱物贵身",结果"欲寡其过,谤议沸腾;性不伤物,频致怨憎","理弊患结,卒致囹圄"。诗人说他不能学北游之雁"顺时而动,得意忘忧",不能学"万石周慎,安亲保荣",他"有志不就,惩难思复",内心伤悲,只能寄希望于将来。诗人把他遭人迫害的原因说得何等明白,他何曾掩饰过心中的不平!

嵇康的四言诗,往往能以生动的笔触描绘出鲜明的艺术形象,如他的《四言赠兄秀才入军诗》十二章云:

轻车迅迈,息彼长林。
春木载荣,布叶垂阴。
习习谷风,吹我素琴。
交交黄鸟,顾俦弄音。
感悟驰情,思我所钦。
心之忧矣,永啸长吟。

诗以春日长林美景写"思我所钦"之忧心,妙在景新情真。王夫之即谓"春木四句,写气、写光,几非人造"(《古诗评选》卷二)。又十三章云:

浩浩洪流,带我邦畿。
萋萋绿林,奋荣扬晖。
鱼龙瀺灂,山鸟群飞。
驾言出游,日夕忘归。
思我良朋,如渴如饥。
愿言不获,怆矣其悲。

同样表达思念之情,写景又是一种境界,不但场面阔大,而且生机勃勃。极写出游之乐,对"愿言(指思念)不获"自有衬写作用。又第九章云:"良马既闲,丽服有晖。左揽繁弱,右接忘归。风驰电逝,摄景追飞。凌厉中原,顾盼生姿。"诗写其兄嵇喜军中驰射的英姿,一片想象之词,却神态宛然。而十四章云:

息徒兰圃,秣马华山。
流磻平皋,垂纶长川。
目送归鸿,手挥五弦。
俯仰自得,游心太玄。
嘉彼钓叟,得鱼忘筌。
郢人逝矣,谁与尽言。

诗写嵇康在大自然中作逍遥游的活动和感受,表现出诗人"游心太玄",即与道合一的最大人生乐趣和他对世无知音的感叹。诗以清秀之语写自在、自得之心,显得自然飘逸而境界高远。"目送归鸿"二句写名士风姿，一传其神，一显其形，比较而言，传神者最为微妙。故顾恺之说"画'手挥五弦'易，'目送归鸿'难"（《世说新语·巧艺》）。于此可见，嵇诗清峻而托喻清远，虽情思不违玄理，却语隽境美，令人生想。

嵇康今存赋，唯《琴赋》为完篇，余（题为《酒赋》《蚕赋》《怀乡赋》）各有残句若干。《琴赋》立意与其《声无哀乐论》相同，都是从玄学本体论出发，说音声之特质。赋序有谓："余少好音声，长而玩之，以为……可以导养神气，宣和情志，处穷独而不闷者，莫近于音声也。""历世之才并为之赋，颂其体制风流，莫不相袭。称其才干，则以危苦为上；赋其声音，则以悲哀为主；美其感化，则以垂涕为贵。丽则丽矣，然未尽其理也。推其所由，似元不解音声；览其旨趣，亦未达礼乐之情也。"可见，作者是不赞成音乐以悲哀为美的传统观念的，其作《琴赋》在思想文化领域有很强的针对性。

（二）嵇康的散文

前人对嵇康之论评价甚高，李充《翰林论》即谓"研求名理而论生焉，论贵于允理，不求支离。若嵇康之论，成文矣"。刘师培解释说："李氏以论推嵇，明论体之能成文者，魏、晋之间，实以嵇氏为最。"（《中国中古文学史讲义》第四课）刘勰说阮籍、嵇康体性有异，谓"嗣宗俶傥，故响逸而调远；叔夜俊侠，故兴高而采烈"（《文心雕龙·体性》）。又谓"嵇康师心以遣论，阮籍使气以命诗，殊声而合响，异翮而同飞"（《文心雕龙·才略》）。刘师培发挥说："嵇康、阮籍之文，文章壮丽，总采骋辞，虽阐发道家之绪，实与纵横家言为近者也。此派之文，盛于竹林诸贤。溯其远源，则阮瑀、陈琳已开其始。""彦和以'响逸调远'评籍文，与《魏志》'才藻艳逸'说合。盖阮文之丽，丽而清者也。以'兴高采烈'评康文，亦与《魏志》'文辞壮丽'说合。盖嵇文之丽，丽而壮者也。均与徒事藻采之文不同。""嵇、阮之文，艳逸壮丽，大抵相同。若施以区别，则嵇文近汉孔融，析理绵密，阮所不逮；阮文近汉祢衡，托体高健，嵇所不及。此其相异之点也。""嵇文长于辨难，文如剥茧，无不尽之意，亦阮氏所不及也。"（《中国中古文学史讲义》第四课）

嵇康的玄理论文，立论新颖，析理绵密，在阮文之上。如其《声无哀乐论》，所说"声无哀乐"即为一全新观点。从玄学命题相互影响看，其立论基础和思维方式，与何晏提出的圣人无喜怒哀乐有某种相似处。阮籍作《乐论》，虽不反对乐有哀乐之分，但他既把乐的本体定为自然，而平淡无味又是自然之道的本质属性，因而他是有可能提出声无哀乐论的。但他未能深入下去。嵇康却用他用过的方法（从玄学本体论出发探讨音乐的属性、功用）建立了声无哀乐论。而论述更为精细，对儒学音乐理论突破更为彻底。他讲"声音以平和为体"，"声音有自然之和而无系于人情"，实际上是讲声音以自然为本体，而以自然的属性"和"为属性。如此立论，便容易说明声音是能超越哀乐之情的，而以无哀无乐的"和"为本质特征；作乐的目的是要使人挣脱种种情感的束缚，进入自由、无限的境界。在写法上，用的是主客对话形式。文章通过"秦客"和"东野主人"八番"难""答"以成完篇。反复论难，自易带来论证的严密和文章布局的严谨。当然，如此行文，也难免文辞繁复。

除玄理论文外，嵇康的《太师箴》和书作所蕴含的文化精神，也是出自玄学思想。其中最能显现其人格特征和另类散文艺术风貌的，应是《与山巨源绝交书》。

山巨源即山涛，他本是"竹林七贤"之一，中途出仕为吏部郎，后得升迁，便举嵇康自代。嵇康十分生气，即作此书痛斥其行径。作者在书中以老、庄思想作指导，极写自己越礼教而任自然的放纵生活，揭露官场的龌龊，对山涛极尽讽刺、挖苦之能事，直说自己非汤、武而薄周、孔，显示出对世俗生活的极端蔑视。他拒绝的是山涛的举荐，实是借此宣布自己和司马氏集团的彻底决裂。因作者具有大无畏的叛逆精神，故行文恣肆、出语尖刻，仿佛不尽其言辄不足以泄胸中愤怒之气。如云：

阮嗣宗口不论人过，吾每师之而未能及。至性过人，与物无伤，唯饮酒过差耳。至为礼法之士所绳，疾之如仇，幸赖大将军保持之耳。吾不如嗣宗之贤，而有慢弛之阙；又不识人情，暗于机宜；无万石之慎，而有好尽之累。久与事接，疵衅日兴，虽欲无患，其可得乎？又人伦有礼，朝廷有法，自惟至熟，有必不堪者七，甚不可者二。卧喜晚起，而当关呼之不置，一不堪也。抱琴行吟，弋钓草野，而吏卒守之，不得妄动，二不堪也。危坐一时，痹不得摇，性复多虱，把搔无已，而当裹以章服，揖拜上官，三不堪也。素不便书，又不喜作书，而人间多事，堆案盈几，不相酬答，则犯教伤义；欲自勉强，则不能久；四不堪也。不喜吊丧，而人道以此为重，已为未见恕者所怨，至欲见中伤者；虽瞿然自责，然性不可化；欲降心顺俗，则诡故不情，亦终不能获无咎无誉，如此，五不堪也。不喜俗人，而当与之共事，或宾客盈坐，鸣声聒耳，嚣尘臭处，千变百伎，在人目前，六不堪也。心不耐烦，而官事鞅掌，机务缠其心，世故繁其虑，七不堪也。又每非汤、武而薄周、孔，在人间不止，此事会显，世教所不容，此甚不可一也。刚肠疾恶，轻肆直言，遇事便发，此甚不可二也。以促中小心之性，统此九患，不有外难，当有内病，宁可久处人间耶？又闻道士遗言，饵术黄精，令人久寿，意甚信之。游山泽，观鱼鸟，心甚乐之。一行作吏，此事便废，安能舍其所乐，而从其所惧哉？

真是通脱任性，直言尽言，不掩锋芒，嬉笑怒骂，俱为文章。后世诗、文中所用"七不堪""二甚不可"的典故，即出于此书。事实上，此书不但是嵇康散文中逞性放言的名篇，也是魏、晋文章中颇能显现魏、晋风度的代表作，其文风对后来的愤世之文深有影响。

第三章　吴蜀文学发展研究

第一节　东吴文学

东吴学风更为守旧，而与汉儒保守的学风较为一致。不但玄学未进入蜀地，就连早于玄学出现的荆州学派的治经方法和新学观点，也遭到吴中学士的抵制和批评。而长期流行的，是汉儒的经学传注之学。这种情况，在吴亡以后相当长一段时间内都没有改变。

东吴学风近于汉儒，有两个原因。一是汉末大批儒生避乱江东将儒学及汉儒学风带入吴地，造成一种思想文化氛围，形成传统学风得以存在、流行的社会基础。第二个原因，也是更重要的原因，是吴地土著学者对汉儒传统学风的继承和维护，以及对"新学（包括荆州之学和玄学）"的抵制。

由于吴地儒学和汉儒传统学风的根深蒂固，流行于中原的玄学根本无法进入江南。这种情况直到东晋才有所改变。所以纪瞻和顾荣在赴洛途中讨论《易》之太极，二人所持皆为汉儒旧说，他俩似乎都未读过王弼的《易注》。而陆机、陆云在吴亡后苦学十年，也未曾深研玄学。

东吴学术既然严守汉儒家法，文士为文必以踵武汉儒为美。不但士人趣尚如此，就连孙皓也以"越扬、班、张、蔡之畴"（孙皓《答华核》），称美他人文才之高。所以东吴既为西晋培养了一批儒士，也为西晋造就了一些弘扬汉代儒家散文艺术传统的"俊才"。

东吴诗、赋之作今存甚少。严可均所辑《全吴文》所录辞赋仅十余篇，且多为残篇。其中杨泉所作六赋，亦少有完篇，只是原作文字保留较多而已。其《五湖赋》写具区即太湖地理形势和水势浩荡的壮观景象。《草书赋》《织机赋》《蚕赋》皆为咏物而作。与《五湖赋》一样，同以体物详尽、铺陈描叙取胜。另有《赞善赋》，实以论为赋，取材特别。胡综的《黄龙大牙赋》、张纯的《赋席》、朱异的《赋弩》、张俨的《赋犬》、华核的《车赋》、闵鸿的《琴赋》和《羽扇赋》等，皆以体物为主，与汉赋传统写法并无二致。

今存东吴诗作很少，而民谣和颇有俳谐意味的韵语却比较多。民谣如《孙亮初白鼍鸣童谣》云："白鼍鸣，龟背平，南郡城中可长生，守死不去义无成。"《孙皓初童谣》云："宁饮建业水，不食武昌鱼。宁还建业死，不止武昌居。"内容皆与时政有关。俳谐语如薛综的《嘲蜀使张奉》云:"有犬为独,无犬为蜀。横目苟身,虫人其腹。无口为天,有口为吴。君临万邦,天子之都。"拆字造句,巧作褒贬,作者文思可谓敏捷。《嘲吴群臣》语,谓"凤凰来翔,麒麟吐哺。驴骡无知,伏食如故"。诸葛恪即作《答费祎》,谓"爰植梧桐,以待凤凰。有何燕雀,自称来翔。何不弹射,使还故乡",亦为俳谐之作。上引二俳谐语皆产生在孙权宴飨蜀使时,自与"孙权性既滑稽,嘲啁无方"(《三国志·吴志·费祎传》)有关。可惜孙权诗才不逮曹操远甚,不然,东吴诗坛是会热闹一些的。

东吴文学成就体现在散文创作中。东吴散文艺术的发展,似乎受汉末散文艺术的影响更深,而出现了追求词繁藻丽的艺术倾向。现依次说说孙权、诸葛瑾父子以及胡综、虞翻、韦昭等人散文的艺术特点。

孙权(182—252),字仲谋,吴郡富春(今浙江富阳)人。权为吴主,擅作书、诏。其《选郎吏诏》谓选三署郎吏"不得以虚辞相饰",《与浩周书》则谓"孤性无余,凡所欲为,今尽宣露"。他为文也是实话实说,故其文风朴质,颇具本色之美。突出的特点是能即心为文,显露出他的性情之真。具体表现有三。

一是出语通脱,少有修饰。如其《与曹公笺》言"春水方生,公宜速去"。又《别纸与曹公》言"足下不死,孤不得安"。又其《论步骘言防魏诏》言"吕岱、诸葛恪道步骘说:'北人欲以布囊盛土塞江。'每读此表,令人连日失笑。此江自天地以来,宁有可塞者乎"。而《答步骘表言防魏》言"此曹衰弱,何能有图?必不敢来。若不如孤言,当以牛千头为君作主人"。都是怎么想就怎么说。所作诏令,有以极通俗语为之者。如《诏作太初宫》《诏息铸大钱》等,即是。所作《与臣下书》,句式自由,不求整练。或有偶句,也出之自然。

二是推心置腹,动之以诚。如其《报陆逊表保明诸葛瑾事》,言己不信谣言(有人说瑾派亲属与刘备通消息),既说二人相知之深,所谓"子瑜与孤从事积年,恩如骨肉"。"孤与子瑜,可谓神交,非外言所间也。"又说自己对子瑜了解之深,所谓"其为人非道不行,非义不言"。且引往事(孙权要诸葛瑾劝其弟亮背蜀投吴,瑾尝以"弟之不留犹瑾之不往也"作答)说自己对子瑜的深信不疑。皆语无雕润,出自诚心。又其《让孙皎书》,指责堂弟孙皎不该因酒发作,欺凌甘兴霸,又诚心希望对方改正错误,说得语重情深。如指出其错,谓"此人(指甘兴霸)虽粗豪,有不如人意时,然其较略,大丈夫也。吾亲之者,非私之也。吾亲爱之,卿疏憎之。卿所为每与吾违,其可久乎"。而劝其改错,则谓"卿行长大,特受重任,上有远方瞻望之视,下有部曲朝夕从事,何可恣意有盛怒邪?人谁无过,贵其能改,宜追前愆,深自咎责……临书摧怆,心悲泪下"。句句真情流溢,无论语气,还是行文风格,都与东汉流行的《诫子书》相近。

三是直言其事,语简意明。这从上引书、诏中就可看出。他如《斥张温令》,数落张温罪状,单刀直入。一事接一事,且三言两语即言一事,而言事不掩怒气。又如《答诸葛瑾等》,说处置周胤事;《报陆逊》,说为臣当极陈以进言事,都是以简洁语直述己意。

大抵孙权散文,出语通脱、粗豪朴拙有过曹操散文处;而开诚布公、因情生文、语简意明,有似汉文帝诏令处,而无其情韵之美。至于他的以散句为文,不事雕饰,不但在东吴，就是在整个三国时期，也是很突出的。

诸葛瑾（174—241），字子瑜，诸葛亮之兄。他于汉末避乱江东，在吴官至大将军左都护。今存文二篇。

其《与刘备笺》，作于刘备兴兵欲报关羽被杀之仇时。他作笺的本意自是劝阻刘备率兵东下，希望对方答应吴王求和的要求。但笺中仅说："或恐议臣以吴王侵取此州，危害关羽，怨深祸大，不宜答和：此用心于小，未留意于大者也。……陛下以关羽之亲，何如先帝？荆州大小，孰与海内？俱应仇疾，谁当先后？若审此数，易如反掌。"文风与其为人"微见风采，粗陈指归"相近。只冷静陈述大道理，并不细论，因而文字简括。裴松之讥其作"奢阔"之论，不能打动刘备之心，徒为词章之费（《三国志·吴志·诸葛瑾传》裴松之注），诚或有之。但文风简朴，还是值得注意的。

诸葛恪（203—253），字元逊，为诸葛瑾长子。弱冠拜骑都尉，孙权死后，官至中书令，辅立孙亮，专国政，为孙峻所杀。其文好作论辩，虽无新异之论而言之恳切，语词较繁而明畅条达。

其《谏齐王孙奋笺》，说孙奋不轨行为，如同罪状罗列。劝其改易前行，也是反复劝谕。而作《与丞相陆逊书》，因知陆逊"嫌己"，"故遂广其理而赞其旨"。此书实为一有针对性的说理文，不过说理仍是借古事、近事以作议论，而说得详尽透彻。同样有针对性而特点显著的，是他的《出军论》。

此论作于吴建兴二年（253年）。是年东吴与蜀汉修好，大将军诸葛恪致函姜维，约其西攻魏，吴则东攻魏，互为呼应。但诸葛恪出兵主张遭到诸大臣的反对，于是恪作此论以谕众意。综观其论，不外三点。前二点皆借史事生发议论，唯后一点略微涉及魏、吴现实情况。虽然文中说理头头是道，出兵却以大败告终。

《出军论》的写法，受到过诸葛亮《后出师表》的影响。这表现在立论能从大处着眼，以远虑之心说出兵之事，而说得恳切动人。但称引古人古事以作论，长于叙事而短于立论，却与汉末一般儒家说理文同。由于立论高远，大道理能耸人听闻，故行文气壮。虽不如《后出师表》简明条畅，却也词清意爽，并无冗滞缠绕之累。

胡综（185—243），字伟则，汝南固始（今属河南）人。曾为孙权同窗，官至侍中。胡综为东吴大手笔，"凡自权统事，诸文诰策命，邻国书符略，皆综之所造也"（《三国志·吴志·胡综传》）。胡综尝作《黄龙大牙赋》，四言一句，换韵自由。他著名的文章是《中分天下盟文》。

盟文作于吴黄武元年（222年）。是年孙权称帝，蜀派使者入吴称贺，以申前好，共订盟约。盟文的核心内容是说两家联合灭魏，永不叛离。前叙联盟由来，后记盟誓之词。全文语词简约、典雅。中言曹魏罪状，极言其非而近于骂，但用词极省。而说蜀、吴灭魏责无旁贷，正好以气运词，作者也只说到即止。所谓"今日灭睿，擒其徒党，非汉与吴，将复谁任"。至于盟约、誓词，涉及内容较多，也是要言不烦，易诵易记。陈寿称此文"文、义甚美"（《三国志·吴志·胡综传》），钱基博谓其"辞气铿訇，点窜《左氏》，而颇雅练，得班、蔡之意，不如"建安七子"之蹈厉发扬"（钱基博《中国文学史》第三编第五节），都说明它具有东汉传统儒家散文的审美特征。

虞翻（164—232），字仲翔，吴余姚（今属浙江）人。他是东吴《易》学专家，尝以其《周易注》寄孔融，融赞美不已。还曾为《国语》《论语》《老子》《太玄经》作注。虞翻为人狂直，也与孔融有相近处。自谓"骨体不媚"（《三国志·吴志·虞翻传》注引《虞翻别传》），犯颜谏争，几次因言行悖慢，差点被孙权杀掉。又性不协俗，多见谤毁。

虞翻治《易》，故其为文简要。如孙策好驰骋游猎，翻作谏书曰：

明府用乌集之众，驱散附之士，皆得其死力，虽汉高帝不及也。至于轻出微行，从官不暇严，吏卒常苦之。夫君入者，不重则不威。故白龙鱼服困于豫，且白蛇自放，刘季害之。愿少留意！

——《谏孙策好游猎书》

文虽短而意多转折，层转层深点出轻出微行的危险。其书作，除言简意明外，还有出语通脱、趣味性强的特点。

如《与某书》云：

此中小儿，年四岁矣，似欲聪哲。虽虾不生鲤子，此子似人。欲为求妇，不知所向。君为访之，勿怪老痴誉此儿也。

又如《与弟书》，云：

长子容当为求妇。其父如此，谁肯嫁之者？造求小姓，足使生子，天其福人，不在旧族。扬雄之才，非出孔氏之门。芝草无根，醴泉无源。家圣受禅，父顽母嚚，虞家世法出痴子。

虞文有些孔融散文的气象，但不像孔融那样在文中跌宕放言，也没有孔文的气激词壮、高华流丽。虞文的通脱，固然与信心信口相通，但也不是即说即录，故其用语朴质、浅易而又简明扼要。

韦曜（204—273），字弘嗣，吴郡云阳（今江苏丹阳）人。历仕吴国四朝，官至侍中。他是东吴著名儒家学者，曾受命校定众书，著有《国语注》和《吴书》。华核谓其在吴"亦汉之史迁也"，言其才学"亦汉（叔孙）通之次也"（《三国志·吴志·韦曜传》）。但曜为人耿直，终因数次逆孙皓之意和批评孙皓恶行而被杀。

《博弈论》，是韦曜单篇散文中的代表作。作于吴赤乌五年（242年）。时曜为太子中庶子，蔡颖也在东宫。颖性好博弈，太子孙和以为无益，令曜论之，而有此作。此论主要用儒家建功立名的人生价值观念揭露"好玩博弈"之害，勉励好博弈者把"博弈之力"用在有意义的事情上，以立功名而远鄙贱。

《博弈论》，对"好玩博弈"者的批评是有力的，但作者把博弈和博取功名完全对立起来，却有些片面性。就充分揭露博弈之害而言，本文的写法体现了作者"笃学好古，博见群籍，有记述之才"（《三国志·吴志·韦曜传》）的特点。文中动辄引用圣人之言、古人之事说理、造句。叙事爱形容，且面面俱到，说清说尽。由于重在罗列博弈之弊，故文中多用排比句，多用容纳多组对句的长句。至于事烦理碎，短于归纳，言词纷纭而语气从容，更与汉末儒家说理文如出一辙。

东吴文风承袭汉末儒家文风而来，孙皓勉励臣下，即谓"当飞翰驰藻，光赞时事，以越扬、班、张、蔡之畴"（《三国志·吴志·华核传》）。文士也多以上承张、蔡文风自励。除上述作者外，像张纮的"文理意正"，薛综移文的字句廉悍，而无剑拔弩张之态，华核的上疏"期于自尽"，虽行文各有特点，但在以儒学为本上是一致的。大抵吴中儒家散文，依儒学大义立论者多，也有引用经辞入文的。至于选用古人古事言事说理，句尚整齐，文气和缓，更为常见。

最后，还要提到陆景、陆机兄弟的散文。陆景著有《典语》，其书探讨帝王之道，虽以儒家学说为宗，也兼采道、法家之说。虽也引古人古事为证，却偏于对一些抽象理论的陈述。其单篇散文《诫盈》也有这一特点。陆机的《辩亡论》作于吴亡之后，但它是陆机受东吴儒家散文艺术传统影响的产物。陆景被王浚部属杀害，陆机却成了贯通汉、吴、晋儒家文风的重要人物。

第二节 蜀汉文学

蜀汉（221—263）文学，基本上是两汉文学的延续。之所以如此，是因为蜀汉文士尚儒的学风与汉儒基本相同。

蜀汉文士尚儒，主要表现在两方面：一方面是对两汉儒学的继承，另一方面是对蜀学的发扬。

蜀汉文士，由土著之士和客籍之士组成。客籍之士多来自中原，其中一部分在建安时期就已流寓蜀州，另一部分则是刘备、诸葛亮带入蜀地或后来投归蜀汉的。他们自幼受到儒学的熏陶，是从汉代传统文化土壤里栽培、成长起来的人物。如法正、许靖、孟光、来敏等流寓之士，早在中原就形成了自己的学术观点和学风。他们不但把汉末儒学的传统学风带进蜀地，还要坚持、维护自己的观点、学风，用以影响社会、影响家人。

蜀中儒学称为蜀学。蜀学的奠基人是司马相如和扬雄。蜀汉土著学者重视蜀学传统，对相如、扬雄十分推崇。蜀学发展到蜀汉时，大抵今文经学最为流行。所谓"益部多贵今文而不崇章句"（《三国志·蜀志·尹默传》）。可惜蜀中没有王弼那样的人物出现，因而蜀学传统学风在蜀汉时期没有大的改变。像"蜀中学士"秦宓，"为世硕儒，有董、扬之规"的谯周，"依则先儒"的郤正，都是儒学和蜀学传统学风的传人。

蜀汉学风与汉儒学风相近的另一个迹象，是天文、占候、历算学的流行。汉儒占候兼用谶纬，蜀士亦然。

既然蜀汉学风与汉儒学风相近，蜀中文士着意揣摩两汉儒家散文艺术以学其文风，便是很自然的事。郤正"耽意文章"，即"自司马、王、扬、班、傅、张、蔡之俦遗文篇赋，及当世美书善论,益部有者,则钻凿推求,略皆寓目",故其"文辞灿烂,有张、蔡之风"(《三国志·蜀志·邰正传》)。蜀汉文学成就,主要表现在散文创作上,代表性作家有诸葛亮、秦宓、谯周、邰正等。

诸葛亮(181—234),字孔明,琅琊阳都(今山东沂水南)人。早年避难荆州,隐居隆中(今湖北省襄樊市西南)。建安十二年后,一直辅佐刘备。刘备死后,刘禅封诸葛亮为武乡侯,领益州牧,蜀国军政大事,由他裁决。诸葛亮志在北伐,于是东连孙吴,频年出征,与曹魏交战,最后卒于军中。他是政治家、军事家,足智多谋,颇重实用。思想上,儒、法、道兼具。学问广博,不但识天文、知地理,还精于占候、谶纬之术。但他的散文都是经世致用之作,其艺术精神,只与两汉儒家散文艺术精神相通。

陈寿在《上诸葛氏集目录表》中说:"或怪亮文采不艳,而过于丁宁周至亮所与言,尽众人凡士,故其文指不得及远也。然其声教遗言,皆经事综物,公诚之心形于文墨,足以知其人之意理,而有补于当世。"陈寿从诸葛亮散文告语对象的特点及其为文的实用性出发,分析他散文艺术风貌形成的原因,实际上已触及其散文艺术精神。

诸葛亮最著名的散文是前、后《出师表》。尤其是《前出师表》,几乎被前人誉为三国第一篇好文章。南宋理学家、文论家楼昉即谓其"规模正大,志念深远,详味乃见吴、魏二国未识有此人物、有此文章否"(《崇古文诀》)?前于楼昉的苏轼则将此表与李密《陈情表》、韩愈《祭十二郎文》同论,谓"读《出师表》不下泪者,其人必不忠;读《陈情表》不下泪者,其人必不孝;读《祭十二郎文》不下泪者,其人必不友。然其惨痛悲切,皆出于至情之中,不期然而然也"(章懋勋《古文析观解》卷五引)。应该说,苏、楼二人都是从对《出师表》儒家散文艺术精神的领略来赞赏其艺术美的。

《前出师表》,作于建兴五年(227年)。这年,诸葛亮率军屯驻汉中,准备北伐,行前上了这道表。孔明作此表,很动感情,以至"临表涕泣"。孔明在表中切切开导、殷勤叮咛,固然与其老臣身份、口吻相合,但说得如此言辞动人,实与金圣叹所说的作者胸怀隐忧,"身提重师,万万不可不去;心牵钝物,又万万不能少宽"的难受心情有关。所谓"盖先生此日此表之涕泣,固自有甚难于嗣主者,而非为汉贼之不两立也"(《金圣叹批才子古文》)。而将表写得"志尽文畅"(刘勰《文心雕龙·章表》),能使惨痛悲切之情自然发露,则得益于他的言事口口声声必称先帝。言必称先帝,既能自占地步,言之恳切,又有可能使对方悚然以惕。

刘备托孤于孔明,要刘禅"与丞相从事,事之如父"(《三国志·蜀志·诸葛亮传》)。《前出师表》真可视为孔明以表的形式作的诫子弟书。表一开始,即作规劝语。在说到国家形势严峻,而内外臣子尚能兢兢业业、忘我奋斗后,即谓此乃众臣"追先帝之殊遇,欲报之于陛下"。这段话极有分量,意在提醒后主认识到局势的严重,明白众臣子的不懈努力是出于感激"先帝之殊遇",并非你后主恩德所致。鉴于此,陛下"诚宜开张圣听,以光先帝遗德,恢弘志士之气,不宜妄自菲薄、引喻失义,以塞忠谏之路也"。该怎么做,不该怎么做,明确得很。这是规劝,也是教训。从文章结构看,则是一篇之柱。下面以谆谆告诫之语，说如何处理宫中、府中、营中之事，应该亲近、信任哪些臣子，都是围绕这一主旨所作的阐发。

篇末一段，作者满怀深情地回顾先帝的知遇之恩，特地说明自己"受命以来，夙夜忧叹，恐托付不效，以伤先帝之明"，而此次北伐正是为了完成先主的遗命。这段文字神情激越，作者写此是为了表白自己对蜀汉二主的一片忠心，同时也是为了对前面的规劝语、教训语滋润以情。以情感动后主、激励后主，望其振奋精神，有所作为。所以在篇末，作者再次叮嘱说："陛下亦宜自谋，以谘诹善道，察纳雅言，深追先帝遗诏。"句中"深追先帝遗诏"，既是为了与前言"以光先帝遗德"呼应，也是暗示对方，要记住先帝遗诏（《先帝遗诏》有谓"勿以恶小而为之，勿以善小而不为。惟贤惟德可以服人"。"当与丞相从事，事之如父"），照自己的话去做。

《前出师表》规劝、叮嘱后主，看似随口说来，言语布置，实是煞费心思。文章显得苍凉悲壮，意周辞简，语重心长，而言词质朴无华。说理反复致意，叙事则不厌琐细。忠心真情，吐露无遗，至为动人。故刘勰说"孔明之辞后主，志尽文畅……表之英也"（《文心雕龙·章表》）。

和《前出师表》同享盛名的，还有一篇《后出师表》。此表最初见于《三国志·诸葛亮传》裴松之的注文。裴注说："此表亮集所无"，出张俨（三国时吴人）《默记》。加上表中所述事有与史实抵牾者（如赵云卒于建兴七年，而表言云已卒），故论者多以此表为张俨拟作。但诸葛恪著论谕众，谓"近见家叔父表陈与贼争竞之计，未尝不喟然叹息也"。又似指此表而言，故拟作之说靠不住。

大抵建兴五年的北伐未成功，蜀国臣子中出现了怀疑北伐有无必要，甚至反对北伐的议论。次年十一月，诸葛亮给后主上了这道表，要求北伐。

此表前言汉贼不两立，说的是必须北伐的正大之理。中言"此臣之未解"六事，实是从六方面反驳反战派对北伐的非议。最后一段又举先主成而复败之事，说明"至于成败利钝，非臣之明所能逆睹也"。唯"臣鞠躬尽力，死而后已"。作者要后主正确看待北伐中的成败，言语中却反映出他对北伐并无必胜把握。故此表虽连举六事反驳，终显得气格衰飒。他说"鞠躬尽力，死而后已"，固然奋斗精神感人，总有些无可奈何之意。至于言词简要、素朴，情感恳切、深沉，则与《前出师表》相近。

孔明作书亦有特色，能视告语对象特点行文。如关羽知马超来降，作书与孔明问超"人才谁可比类"。亮知羽护前（袒护所为，绝不认错），其《答关羽书》即谓："孟起（马超字）兼资文武，雄烈过人，一世之杰，黥、彭之徒，当与翼德（张飞字）并驱争先，犹未及髯之绝伦逸群也。"羽省书大悦，遍示宾客。显然，这是针对关羽护前的特点作书，在非原则问题上给他一点心理上的满足。而作《诫子书》，虽也尽道心腹中语，语气就严肃得多。并且说的多是一些大道理，加上句式整齐，一篇书作好像由若干格言集合而成。如其《诫子书》则云："夫君子之行，静以修身，俭以养德。非淡泊无以明志，非宁静无以致远。夫学须静也，才须学也。非学无以广才，非志无以成学。怠慢则不能励精，险躁则不能治性。年与时驰，意与岁去，遂成枯落，多不接世，悲守穷庐，将复何及。"可谓以箴言为书，以语录为书。书多训辞，作者似乎不动感情，其实他是将深爱之情藏在心底。之所以不像《出师表》那样以情纬文，就在于告语对象不同。

秦宓（？—226），字子敕，广汉绵竹人。刘备定蜀，秦宓应召为从事祭酒，建兴中任益州别驾，寻拜左中郎将、长水校尉，迁大司农。受本土思想、文化传统影响颇深，严君平见黄、老作《指归》，扬雄见《易》作《太玄》、见《论语》作《法言》，司马相如为武帝制《封禅文》，是他津津乐道、引为自豪之事。

大抵其思想根基于儒、道，对纵横家的权术十分厌恶。陈寿说他"始慕肥遁之高，而无若愚之实。然专对有余，文藻壮美，可谓一时之才士"（《三国志·蜀志·秦宓传》）。所谓"专对有余"，当指秦宓与张温对谈事（温问天有头、耳、足、姓否，宓多引《诗》，巧相发挥以答）。

其人思想活跃，还表现在读书能有怀疑精神，作文敢立新说。史载其"见《帝系》之文，五帝皆同一族，宓辩其不然之本。又论皇帝王霸养龙之说，甚有通理"（《三国志·蜀志·秦宓传》）。

秦宓言谈，文藻壮美，自言出于性之自然，非有意而为。有人问他："足下欲自比于巢、许、四皓，何故扬文藻、见瑰颖乎？"宓答："仆文不能尽言，言不能尽意，何文藻之有扬乎？夫虎生而文炳，凤生而五色，岂以五采自饰画哉？天性自然也。"（《三国志·蜀志·秦宓传》）

秦宓今存诗一、奏记一、书三。其诗《远游》云：

远游何所见？所见邈难纪。
岩穴非我邻，林麓无知己。
虎则豹之兄，鹰则鹞之弟。
困兽走环冈，飞鸟惊巢起。
猛气何咆厉，阴风起千里。
远游长叹息，叹息远游子。

诗写"远游子"的孤寂、恐怖之感，全借途中所见所闻的险恶景象表现出来。用语质朴，与汉诗同，并非"文藻壮美"之作。今存蜀诗极少，故其显得可贵。

其文言事说理，儒、道兼取。《奏记》实为荐书，乃作者向益州牧刘焉荐举任安之作。书中大半文字是引用古事和典籍中的记载，说用人取士的道理。说到被荐举人的长处，仅二十余字。所说之理，尽为大道理，如谓"昔百里蹇叔以耆而定策，甘罗子奇以童冠而立功。故《书》美黄发，而《易》称颜渊，固知选士用能，不拘长幼，明矣"。"夫欲救危抚乱，修己以安人，则宜卓荦超伦，与时殊趣。震惊邻国，骇动四方。上当天心，下合人意。天人既合，内省不疚，虽遭凶乱，何忧何惧？昔楚叶公好龙，神龙下之。好伪彻天，何况于真。"如此说理，并不严密，唯能乘性高谈阔论，显得气盛。

书中说刘焉录用任安的意义，说刘焉应当立即录用任安，要么借古事作论，要么作譬况语。如云：

昔汤举伊尹，不仁者远。何武贡二龚，双名竹帛。故贪寻常之高，而忽万仞之嵩；乐面前之饰，而忘天下之誉。斯诚往古之所重慎也。甫欲凿石索玉，剖蚌求珠，今乃随、和炳然，有如皎日，复何疑哉？

秦宓言事，多虚拟语，多形容语，多典缛语，鲜有事理而多意气。

这一特点在《答王商书》中也有体现。

同郡王商为治中从事，致书秦宓，劝其出仕。谓"贫贱困苦，亦何时可以终身？下和街玉以耀世，宜一来与州尊相见"。宓作答书云：

昔尧优许由，非不弘也，洗其两耳；楚聘庄周，非不广也，执竿不顾。《易》曰："确乎其不可拔。"夫何衒之有？且以国君之贤，子为良辅，不以是时建萧、张之策，未足为智也。仆得曝背乎陇亩之中，诵颜氏之箪瓢，咏原宪之蓬户，时翱翔于林泽，与沮溺之等俦，听玄猿之悲吟，察鹤鸣于九皋。安身为乐，无忧为福。处空虚之名，居不灵之龟。知我者希，则我贵矣。斯乃仆得志之秋也，何困苦之戚焉？

从此书可见秦宓"慕肥遁之高"的胸怀，也可看出他"无若愚之实"的特点。书中说王商为官事，语带讥讽；而说自己无"困苦之戚"，则洋洋得意。行文也是意之所至，少有裁剪。文风较为活泼，不同于东汉醇儒之文，也与孔融等人文风有异。蜀中文章最具儒家散文特色的，是谯周之文。

谯周（201—270），字允南，巴西西充国（今四川西充）人。诸葛亮领益州牧，谯周任劝学从事，后官至光禄大夫。后劝刘禅降魏，被魏封为阳城亭侯。谯周少时，曾数往问学于秦宓。其人耽古笃学，研读六经。自谓"庶慕孔子遗风，可与刘（向）、扬（雄）同轨"（《三国志·蜀志·谯周传》）。陈寿亦称其"词理渊通，为世硕儒，有董、扬之规"（《三国志·蜀志·谯周传》）。为文善于依经立义、引史作论，《谏后主疏》《谏后主南行疏》即为其例。前者要后主"省减乐官、后宫所增造"，即从"王莽之败"说来，以见帝王"欲善"之举，又引《传》言帝当百姓不附时，应以德为先，两者都是为最后进谏蓄理。后者谏后主南行，虽转弯抹角不多，但篇尾还是以圣人、尧、舜、微子事作论据。

谯周的代表作是《仇国论》。时军旅数出，百姓雕瘁，谯周与尚书陈祗论其利害。退而记之，即为其论。此论假设有小国因余之国和大国肇建之国，并争于世而为仇敌。文章即以因余之国高贤卿和伏愚子的两问两答，结构而成。贤卿首问古代以弱胜强，其术如何。伏愚子答谓"处小有忧者恒思善……思善则生治"。继而贤卿以楚、汉相争，汉终灭楚为例，谓"肇建之国，方有疾疢；我因其隙，陷其边陲，觊增其疾而毙之也"。伏愚子则谓今非昔比，言今日"既非秦末鼎沸之时，实有六国并据之势"。而"民疲劳，则骚扰之兆生。上慢下暴，则瓦解之形起"。"如遂极武黩征，土崩势生，不幸遇难；虽有智者，将不能谋之矣。"揣摩其意，伏愚子所言当为谯周观点。

此论实是将作者称引古事以作论的方式，用进主客对答之中。说理既少新意，论证亦不严密。气缓词靡，闲畅有余。陈寿说谯周词理渊通，有董、扬之规，盖就其大体而言。此文则渊通不足，更无扬文之瑰丽。采取主客对答形式，显然袭用的是西汉以来蜀地文士的传统做法。

郤正（？—278），本名纂，字令先，河南偃师人。在蜀为秘书省之吏，入晋任巴西太守。他自幼父死母嫁，但安贫好学，博览坟籍，弱冠即能作文。其人淡于荣利，耽意文章。自司马、王、扬、班、傅、张、蔡之文，到当时益地美书善论，他都弄来研读。因而他的文风既受到汉代新儒家散文艺术传统的影响，也受到蜀地地方散文艺术传统的影响。郤正为刘禅写过降魏书，书乃降心忍气之作，难显郁文本色。能反映他艺术风格的，应是《释讥》。

史载，郤正"自在内职，与宦人黄皓比屋周旋，经三十年。皓从微至贵，操弄威权。正既不为皓所爱，亦不为皓所憎，是以官不过六百石而免于忧患。依则先儒，假文见意，号曰《释讥》"（《三国志·蜀志·郤正传》）。

《释讥》借主客问答方式以申作者志意，与东方朔的《答客难》、扬雄的《解嘲》、班固的《答宾戏》、崔骃的《达旨》、张衡的《应间》、崔实的《答讥》、蔡邕的《释诲》同一机杼。不但设讥以释者同，而且立意、行文方式亦相仿佛。但拿《释讥》与诸文相比，显然作者牢骚不盛，只是平心静气地言志明意。文字也与《答客难》的矫健爽朗有异，显得冗缛不精。称引事例，罗列殆尽；叙说一事，面面俱到，虽意明而理浅。爱说古人古事，爱引经义论理，爱作四言短句，爱作对偶句，爱于句尾用韵。阐缓、温雅，近于汉代儒家文风。故陈寿说郤正"文辞灿烂，有张、蔡之风"（《三国志·蜀志·郤正传》）。

颇能显出蜀汉散文具有两汉儒家散文本色的，还有向朗的《遗言戒子》、李密的《陈情表》等。

向朗（？—247），字巨达，襄阳宜城人。入蜀前，刘表任其为临沮长，入蜀后曾任巴西太守、步兵校尉、光禄勋、左将军，封显明亭侯，位特进。向朗一生潜心典籍，年过八十，尚能校书作文。其《遗言戒文》有云：

传称："师克在和不在众。"此言天地和则万物生，君臣和则国家平，九族和则动得所求，静得所安。是以圣人守和，以存以亡也。吾，楚国之小子耳，而早丧所天，为二兄所诱养，使其性行不随禄利以堕。今但贫耳，贫非人患，唯和为贵。汝其勉之！

作者用"和为贵"训诫其子，立论自来自儒家的应世之术，妙在《遗言》借对"传"中一语的诠释，将应以"和为贵"的道理说得如此透彻，且出语简明、自然、亲切。

李密（224—287），字令伯，犍为武阳（今四川彭山一带）人。李密自幼父死母嫁，靠祖母养大。年轻时曾师事谯周，以文学见称。尝治《春秋左氏传》，博览多所通涉。为人机警辩捷。事祖母以孝闻。在蜀官至太子洗马。几次出使东吴，以善于应对著称。蜀亡，晋武帝为宠络蜀士，先拜他为郎中，后又征其为太子洗马，密以祖母年迈多病、无人奉养为由，上表陈情，不肯应征。祖母亡后，他才到洛阳任职，后官至汉中太守。

其《陈情表》，虽作于蜀亡之后，实可视为蜀汉文风代表作。他上表的目的是"辞不就职"，但他作为"亡国贱俘"，上表拒新朝君王之征，不能不讲究修辞技巧。李密的高明处，就在于他仅在表中陈述私人情事，从两方面打动、说服晋武帝。而所持之理，完全符合儒家伦理观念。

一是极言祖母刘氏和他相依为命的事实，表明自己要做忠臣，更应做一个孝孙；二是揭出"圣朝以孝治天下"的口号，暗示自己先做孝孙再做忠臣完全合乎"大义"。这样言不离孝道、忠心，便在大道理上站稳了脚跟，容易说得主动、充分。加之言辞恳切（就连说自己"本图宦达，不矜名节"一类自污语也是出于诚心），以情生文，不假雕饰，故武帝能为其所动，不但答应他的要求，还下诏嘉其孝行，又赐奴婢二人，命郡县供养他的祖母。

后人赞颂此表很有艺术感染力，常将它与诸葛亮的《出师表》并论。大抵孔明之表，境界阔大，虽多叮咛语，含无可奈何意，终有雄逸之气，而出语斩截，义随词出。李密之表，终有求情意，虽然出自性情，毕竟措辞谨慎，而行文靡密闲畅，选词典雅而造句整练。

第四章　两晋文学发展研究

第一节　西晋文学

一、傅玄的诗、文

傅玄（218—278），字休弈，北地郡泥阳（今陕西耀州区东南）人，生于建安二十三年，卒于晋武帝咸宁四年。在魏官至弘农太守，领典农校尉；入晋，累迁侍中、御史中丞。泰始五年（269年）转司录校尉，坐事免官。

傅玄写过许多乐府诗。他的乐府诗有两种情况：一是纯粹拟古，以古题写古事；二是以古题表现社会问题，有的还有较深的现实寄托。建安诗人写乐府诗往往借用汉乐府题反映时事，这与他们生当乱世、个人迁徙流转的经历是分不开的。晋朝建立，国家统一，社会趋于安定，文人生活优裕，因而他们作诗拟古咏史、讲究辞采的风气很盛。傅玄的乐府借何题名便以何事为题材。《惟汉行》写汉高祖事，《秋胡行》写秋胡事，《庞氏有烈妇》（一名《秦女休行》）即写庞氏烈妇事。但傅玄毕竟是入晋不久的诗人，他写诗并不像太康诗人那样苦心雕琢字句，追求华艳，仍有汉、魏作家质朴的特点。诗人这类诗故事性很强。《庞氏有烈妇》叙述庞女替父报仇的故事，通过写庞女的言行和他人对她的赞扬，刻画出一位刚强、勇敢而有胆略的烈女形象。诗云：

庞氏有烈妇，义声驰雍凉。父母家有重怨，仇人暴且强。虽有男兄弟，志弱不能当。烈女念此痛，丹心为寸伤。外若无意者，内潜思无方。白日入都市，怨家如平常。匿剑藏白刃，一奋寻身僵。身首为之异处，伏尸列肆旁。肉与土合成泥，洒血溅飞梁。猛气上干云霓，仇党失守为披攘。一市称烈义，观者收泪并慨慷："百男何当益？不如一女良！"烈女直造县门，云"父不幸遭祸殃，今仇身以分裂，虽死情益扬。杀人当伏法，义不苟活隳旧章！"县令解印绶："令我伤心不忍听！"刑部垂头塞耳："令我吏举不能成！"烈著希代之绩，义立无穷之名。夫家同受其祚，子子孙孙咸享其荣。今我作歌咏高风，激扬壮发悲且清。

此诗文字古朴，可与汉乐府媲美。前人说此诗"古貌绮心，微情远境，汉后未睹其俦"（陆时雍《诗境》），并非溢美之词。傅玄这类乐府还有个特点，就是叙事完毕，常以二句议论作结，或点明诗旨，或抒发感慨。《惟汉行》篇末说："健儿实可慕，腐儒安足叹？"《秋胡行》篇末说："彼夫既不淑，此妇亦太刚。"这种写法对后来白居易新乐府"卒章显其志"深有影响。

傅玄有些拟古诗，手法笨拙。他的《艳歌行》仿汉乐府《陌上桑》，字字因循而遗其神理，真是画虎不成反类犬。其《西长安行》："所思兮何在？乃在西长安。何用存问妾？香橙双珠环。何用重存问？羽爵翠琅玕。今我兮闻君，更有兮异心，香亦不可烧，环亦不可沉。香烧日有歇，环沉日自深"即仿汉铙歌《有所思》。铙歌《有所思》云："有所思，乃在大海南。何用问遗君？双珠玳瑁簪，用玉绍缭之。闻君有他心，拉杂摧烧之。摧烧之，当风扬其灰。从今以往，勿复相思。相思与君绝！鸡鸣狗吠，兄嫂当知之。秋风肃肃晨风飔，东方须臾高知之。"相形之下，傅玄的《西长安行》就太浅陋了。太康年间，许多人写拟古诗。

傅玄有些表现社会问题，特别是反映妇女问题的诗写得很成功，代表作有《苦相篇》，诗云：

苦相身为女，卑陋难自陈。
男儿当门户，堕地自生神。
雄心志四海，万里望风尘。
女育无欣爱，不为家所珍。
长大逃深室，藏头羞见人。
垂泪适他乡，忽如雨绝云。
低头和颜色，素齿结朱唇。
跪拜无复数，婢妾如严宾。
情合同云汉，葵藿仰阳春。
心乖甚水火，百恶集其身。
玉颜随年变，丈夫多好新。
昔为形与影，今为胡与秦。
胡秦时相见，一绝逾参辰！

诗写女子一生的悲惨命运，概括性很强。它从女子出生"不为家所珍"，一直写到出嫁后为夫所弃，就像弃妇在同她的女伴诉说心事，言词朴素而情意哀切。其《董逃行·历九秋篇》十二章也是为妇女鸣不平的。他还有些乐府诗和徒诗写青年男女的恋情、离愁，构思新巧，语言清丽宛转，表现得缠绵悱恻。诸如《云歌》："白云翩翩翔天庭，流景仿佛非君形。白云飘飘，舍我高翔；青云徘徊，为我愁肠。"《车遥遥篇》："车遥遥兮马洋洋，追思君兮不可忘。君安游兮西入秦，愿为影兮随君身。君在阴兮影不见，君依光兮妾所愿。"这类诗，有些研究者认为是用比兴手法写君臣关系，也可备一说。

傅玄今存赋多为残篇，且多为咏物之作，佳篇极少。著述散文有《傅子》，系"撰论经国九流及三史故事，评断得失，各为区例"，"为内、外、中篇，凡有四部、六录，合百四十首，数十万言"（《晋书·傅玄传》）。其中《马先生传》记马钧改革绫机，制造指南车、翻车和"百戏"活动机事,取材独特。后叙其欲改革诸葛亮连弩而不为曹羲、曹爽所重视,有为马钧抱不平意。只是文章短于裁剪,枝蔓其事而冗长其言。另外作有《七谟》《连珠》,二文之序实为"七"体、"连珠"体之文体论。二序说二文体由来、功用、写作特点及各家写作之得失,立论及表述方式对后来文体论都有一定影响。

二、张华的诗、赋、文

张华(232—300),字茂先,范阳方城(今河北固安南)人。出身寒门,曾以牧羊为生。"华学业优博,辞藻温丽,朗赡多通,图纬方伎之书,莫不详览。少自修谨,造次必以礼度……器识弘旷,时人罕能测之。"(《晋书·张华传》)晋惠帝时,张华官至太子少傅、司空。后因拒绝参与赵王司马伦和孙秀的篡夺阴谋,为伦、秀所杀。

钟嵘说张华的诗"儿女情多,风云气少",又说他"巧为文字,务为妍冶"(《诗品》),从内容和形式方面概括出了他诗歌的某些特点。"儿女情多"当就《情诗五首》《感婚诗》以及《杂诗三首》而言。其实他的诗并非全都"风云气少"。其《轻薄篇》写"末世多轻薄,骄代好浮华",实是对晋代时风的揭露和讽刺。史载:"晋惠帝元康中贵游子弟相与为散发倮身之饮,对弄婢妾。逆之者伤好,非之者负讥,希世之世,耻不与焉。"(《宋书·五行志》)这就是《轻薄篇》的写作背景。《游猎篇》谓"游放使心狂,覆车难再履",也是对贵游子弟放纵生活的规诫。二诗写法均是藏刺于铺叙之中。他如《博陵王宫侠曲》讥刺当局不以法护民。《壮士篇》高唱:"年时俯仰过,功名宜速崇;壮士怀愤激,安能守虚冲。慷慨成素霓,啸咤起清风;震响骇八荒,奋威曜四戎。濯鳞沧海畔,驰骋大漠中。独步圣明世,四海称英雄。"《上巳篇》慨叹"盛时不努力,岁暮将何因。勉哉众君子,茂德景日新"。这都是不应视为"风云气少"的。

张华的诗,以《情诗五首》最著名。诗写夫妇离别思念之情,一从女方着手,一从男方着手,言词浅易,情意深长。其五云:

游目四野外,逍遥独延伫。

兰蕙缘清渠,繁华荫绿渚。

佳人不在兹,取此欲谁与?

巢居知风寒,穴处识阴雨。

不曾远别离,安知慕俦侣?

诗一开始,就使一个若有所失、若有所思的形象出现在我们眼前。他本来是随意游览,忽然呆呆地站住了,原来他看见了水边的香花芳草,而由花草想到了离别已久的妻子。他想折花(表情之物)送给妻子,可她又不在身边。思念及此,心头自然涌起惆怅之感,只好久立凝视。这种睹物生情的心理活动,说明他平日早就百般思念妻子,此刻不过为"繁华"触发而已。诗末用比喻说明只有经历过夫妇离别的人才能体会到彼此的思念之苦,更显出他的思念深挚、强烈。

从上面的诗句（如"慷慨成素霓，啸咤起清风""巢居知风寒，穴处识阴雨"等）可以看出，张华写诗，已很讲究文字的对偶和词采的华美，这就是钟嵘说的"巧用文字，务为妍冶"。但这一特点并非"源出王粲"（《诗品》），而是受到曹丕、曹植的影响。

张华今存赋作，有偏于以咏物而言理者，如《朽社赋》《相风赋》等，有偏于言志抒怀者，如《咏怀赋》《感婚赋》《归田赋》等。其《鹪鹩赋》则兼有咏物明理、言志抒怀的特点。其序云：鹪鹩，小鸟也。生于蒿莱之间，长于藩篱之下，翔集寻常之内，而生生之理足矣。色浅体陋，不为人用，形微处卑，物莫之害。繁滋族类，乘居匹游，翩翩然有以自乐也。彼鹫鹗惊鸿，孔雀翡翠，或凌赤霄之际，或托绝垠之外，翰举足以冲天，觜距足以自卫，然皆负赠婴缴，羽毛入贡，何者？有用于人也。夫言有浅而可以托深，类有微而可以喻大，故赋之云尔。

此赋实以小鸟鹪鹩为喻，表达作者对玄学人生方式的向往。写法则用鸷鸟、美禽加以衬托，借写两者生活习性、生存遭遇的不同，以阐说玄学人生智慧的要义及其可贵之处。如赋文写鹪鹩生活习性及作者从中体悟到的玄理：

何造化之多端兮，播群形于万类。惟鹪鹩之微禽兮，亦摄生而受气。育翩翾之陋体，无玄黄以自贵。毛弗施于器用，肉弗登于俎味。鹰鹯过犹俄翼，尚何惧于罿罻。翳荟蒙茏，是焉游集。飞不飘扬，翔不翕习。其居易容，其求易给。巢林不过一枝，每食不过数粒。栖无所滞，游无所盘。匪陋荆棘，匪荣苣兰。动翼而逸，投足而安。委命顺理，与物无患。伊兹禽之无知，何处身之似智。不怀宝以贾害，不饰表以招累。静守约而不矜，动因循以简易。任自然以为资，无诱慕于世伪。这实际上是从本于玄学的人生艺术的角度，诠释鹪鹩的生活习性。强调的是"不怀宝以贾害，不饰表以招累……任自然以为资，无诱慕于世伪"。

于赋可见作者早年对玄学人生艺术的领会，故阮籍读赋，对张华才智称叹不已。张溥谓华"作《鹪鹩赋》以寄意，感其不才善全，有庄周木雁之思"（《汉魏六朝百三家集·张茂先集题辞》），也说出了作者对玄学人生艺术的向往。赋以咏物为题，但说理成分很重。其说理，或纳于叙事中，或就事生发议论。其说鹪鹩如此，说鸷鸟、美禽亦然。如赋文谓"雕鹗介其觜距，鸧鹭轶于云际。稚鸡窜于幽险，孔翠生乎遐裔。彼晨凫与归雁，又矫翼而增逝。咸美羽而丰肌，故无罪而皆毙。徒衔芦以避缴，终为戮于此世"。由于说理多与叙事密切相关，而且说得形象、生动，故小赋语带玄言，却读来有味。

刘勰说："晋初笔札，则张华为俊。其三让公封，理周辞要，引事比义，必得其偶。世珍《鹪鹩》，莫顾章表。"（《文心雕龙·章表》）张华所存章表亦无完篇。又张华所作箴、铭、诔文及哀策文较多，亦少有完篇。特色显著而为完篇者，唯《文选》所载《女史箴》而已。箴体的功用在于"攻疾防患"（《文心雕龙·铭箴》），张华系"惧后族之盛，作《女史箴》以为讽"（《晋书·张华传》），目的是告诫贾后不要过度自我膨胀，小心自取灭亡。但箴言却针对女史（女官名）而发，持论则兼取儒、道，而归于为人斧藻其德，翼翼矜矜。出语多如格言，说得概括而深刻。如谓"道罔隆而不杀，物无盛而不衰；日中则昃，月满则亏；

崇犹尘积,替若骇机"。"无恃尔荣,天道恶盈;无恃尔贵,隆隆者坠"。"骊不可以黩,宠不可以专。专实生慢,爱极则迁。致盈必损,理有固然"等,皆是。也有略作论述者,如谓"人咸知饰其容,而莫知饰其性。性之不饰,或愆礼正,斧之藻之,克念作圣……故曰:翼翼矜矜,福所以兴;靖恭自思,荣显所期"。由于以韵文为箴,即使论述,也不如散体文说得充分、明白。

第二节 东晋文学

一、郭璞的诗、赋、文

郭璞(276—324),字景纯,河东闻喜(今属山西)人。他好经术,博学有高才,文藻灿丽。为人不持仪检而讷于言论。好古文奇字,曾为《尔雅》《山海经》《楚辞》作注。又懂阴阳、算历、天文。惠、怀之际避乱过江,曾任王导参军。明帝初年,任王敦记室参军。王敦阴谋反叛,郭璞用占卜方式加以阻止,为其所杀。

郭璞今存诗主要有两类:一为赠答诗,二为游仙诗。西晋以还,文士多爱作四言赠答诗,且一写就是几章。这类赠答诗,实是一种倾诉方式独特(多用晤谈形式)而表现力很强的抒情诗。虽重在抒怀言志,但也写景、叙事、抒怀、说理,手法灵活而内容广博。郭璞的《答贾九州愁诗》三章、《与王使君诗》五章、《答王门子诗》六章、《赠温峤诗》五章等,艺术特点与西晋以来同类诗作基本相同。

郭璞所作《游仙诗》甚多,今存完篇有十,另有多篇仅存残句。和左思借"咏史"抒怀相似,郭璞是借写游仙题材表达现实人生感受。如其诗云:

京华游侠窟,山林隐遁栖。
朱门何足荣,未若托蓬莱。
临源挹清波,陵冈掇丹荑。
灵溪可潜盘,安事登云梯?
漆园有傲吏,莱氏有逸妻。
进则保龙见,退为触藩羝。
高蹈风尘外,长揖谢夷齐。
　　　　　　——《游仙诗》其一

青溪千余仞,中有一道士。
云生梁栋间,风出窗户里。
借问此何谁?云是鬼谷子。
翘迹企颍阳,临河思洗耳。

阊阖西南来，潜波涣鳞起。
灵妃顾我笑，粲然启玉齿。
蹇修时不存，要之将谁使？

——《游仙诗》其二

六龙安可顿？运流有代谢。
时变感人思，已秋复愿夏。
淮海变微禽，吾生独不化。
虽欲腾丹溪，云螭非我驾。
愧无鲁阳德，回日向三舍。
临川哀年迈，抚心独悲咤。

——《游仙诗》其四

逸翮思拂霄，迅足羡远游。
清源无增澜，安得运吞舟？
珪璋虽特达，明月难暗投。
潜颖怨清阳，陵苕哀素秋。
悲来恻丹心，零泪缘缨流。

——《游仙诗》其五

采药游名山，将以救年颓。
呼吸玉滋液，妙气盈胸怀。
登仙抚龙驷，迅驾乘奔雷。
鳞裳逐电曜，云盖随风回。
手顿羲和辔，足蹈阊阖开。
东海犹蹄涔，昆仑蝼蚁堆。
遐邈冥茫中，俯视令人哀。

——《游仙诗》其九

其一赞颂隐逸之道。中谓"朱门何足荣，未若托蓬莱（当为'藜'）"，是通过对功名富贵的否定说隐逸之美；而谓"灵溪可潜盘，安事登云梯"，是"明说倘能潜隐，就是游仙"（余冠英语）。其二隐以鬼谷子自比，写诗人隐居避世的怀抱。"蹇修时不存，要之将谁使"，说的是诗人有意学仙而无缘与仙人交接的遗憾。其四写时光流逝、年迈而学仙志愿未偿的悲哀。其五言有才智者知遇难求，有抱负者难以施展，无论穷达皆有其悲，意谓还是隐遁为妙。其九写"采药游名山"感受到的"登仙"之乐，和诗人对世人碌碌求生、年命短暂的怜惜。郭璞生当乱世，忧患意识颇强。既谓"感彼时变，悲此物化。独步闲朝，哀叹静夜"。又说："顾瞻中宇，一朝分崩。天网既紊，浮鲵横腾……虽欲凌翥，矫翮靡登。俯惧潜机，仰虑飞罾。惟其崄哀，难辛备曾。庶睎河清，混焉未澄。"（《答贾九州愁诗》）因而就将隐逸遁世作为处世良策，一再说"高蹈风尘外，长揖谢夷齐"，"长揖当途人，去来山林客","啸傲遗世罗,纵情在独往","寻我青云友,永与时人绝"(《游仙诗》)。

由于诗人借游仙题材表达其身处乱世所萌生的隐逸之志,故其诗与两晋之际流行的玄言诗一味谈玄迥然不同,亦与单纯歌咏仙家生活或一味宣扬求仙访道思想的诗作有异。刘勰即谓:"江左篇制,溺乎玄风。嗤笑徇务之志,崇盛亡机之谈。袁、孙已下,虽各有雕采,而辞趣一揆,莫与争雄。所以景纯《仙篇》,挺拔而为俊矣。"(《文心雕龙·明诗》)钟嵘亦谓:"郭璞诗宪章潘岳,文体相辉,彪炳可玩,始变永嘉之体,故称中兴第一,《翰林》以为诗首。但《游仙诗》之作,辞多慷慨,乖远玄宗,而云'奈何虎豹姿',又云'戢翼栖榛梗',乃是坎壈咏怀,非列仙之趣也。"(《诗品》卷中)《游仙诗》虽然非写列仙之趣,却是借写游仙以言隐逸情怀,故诗人想象奇特,构思险怪,造语精圆,极富浪漫色彩,而诗境超尘脱俗。除上引其二"灵妃顾我笑,粲然启玉齿",其九"登仙抚龙驷……遐邈冥茫中,俯视令人哀"以外,再如其三谓:"中有冥寂士,静啸抚清弦。放情凌霄外,嚼蕊挹飞泉。赤松临上游,驾鸿乘紫烟。左挹浮丘袖,右拍洪崖肩。"其六谓:"吞舟涌海底,高浪驾蓬莱。神仙排云出,但见金银台。陵阳挹丹溜,容成挥玉杯。姮娥扬妙音,洪崖颔其颐。升降随长烟,飘飘戏九垓。奇龄迈五龙,千岁方婴孩。"都是将仙界人间化,将神仙人性化,在构思中将"我"与仙人打成一片,使得境奇语奇。故刘勰又谓:"景纯艳逸,足冠中兴……《游仙诗》亦飘飘而凌云矣。"(《文心雕龙·才略》)王世贞则因郭璞与左思、刘琨作诗均是"坎壈咏怀",而与主流诗风有异,故称三人为"晋诗三杰"(《艺苑卮言》卷三)。

郭璞诗中写景多有境界之美,使人读来生想。其《幽思篇》谓"林无静树,川无停流",阮孚即云:"泓峥萧瑟,实不可言。每读此文,辄觉神超形越。"(《世说新语·文学》)郭璞作赋,也擅长写景状物,但所写景物以征实取胜,论其境界之美则远逊于诗。

史载:"璞著《江赋》,其辞甚伟,为世所称。后复作《南郊赋》,帝见而嘉之,以为著作佐郎。"(《晋书·郭璞传》)其《南郊赋》写晋元帝登基后的郊祀大典,出语庄重,场景宏大,有"穆穆大观"(刘勰语)之美,故为元帝所重。据《文选·江赋》注引《晋中兴书》曰:"璞以中兴,王宅江外,乃著《江赋》述川渎之美。"知郭璞《江赋》亦为颂扬元帝王业而作,不过赋中并未直言其事。作者写大江之美,有"妙不可尽之于言,事不可穷之于笔"之叹。其写法实是力求尽妙穷事以道其美。其中写到大江源流、近江名山、峡谷险滩、盘涡峻湍,以及江中之鱼、水物之怪、水底金矿丹砾、水上禽兽、草木、芦人渔子,江面舳舻相属,江旁湖泊棋布,还有相关的神话和人物故事。可谓应有尽有,面面俱到。设想奇则奇矣,惟好用古字、僻字,且用韵络绎而出,大大影响了语句的顺畅和描叙的生动性。前人说"其辞甚伟",当指赋中描写大江走势和江水奔腾之势等壮观景象的文字。如赋首一段:

咨五才之并用,寔水德之灵长。唯岷山之导江,初发源乎滥觞。聿经始于洛沫,拢万川乎巴梁。冲巫峡以迅激,跻江津而起涨。极泓量而海运,状滔天以森茫。总括汉泗,兼包淮湘,并吞沅澧,汲引沮漳。源二分于崌崃,流九派乎浔阳。鼓洪涛于赤岸,沦余波乎柴桑。纲络群流,商榷涓浍。表神委于江都,混流宗而东会。注五湖以漫漭,灌三江而漰沛。滈汗六州之域，经营炎景之外。所以作限于华裔，壮天地之峻介。呼吸万里，吐纳灵潮。自然往复，或夕或朝。激逸势以前驱，乃鼓怒而作涛。峨眉为泉阳之揭，玉垒作东别之标。衡霍磊落以连镇，巫庐嵬崟而比峤。协灵通气，溃薄相陶。流风蒸雷，腾虹扬霄。出信阳而长迈，淙大壑与沃焦。

这段文字可谓词伟气盛。和赋中其他段落一样，其缺点是未能展现大江精神力量的美。前人多将《江赋》和木华（字玄虚）的《海赋》同论，林纾即谓"元虚之赋海，景纯之赋江，或以浑沦胜，或以征实胜，要皆不易之才，非等斤斤于草区禽族、庶品杂类中，极雕镂组织之工也"（《春觉斋论文》）。可以说，《海赋》《江赋》的出现，必将促使东晋山水文学（旁及地记著作）创作的兴起。

郭璞之文，较有学术价值的，是《尔雅序》《方言序》和《注山海经序》。较有艺术特点的，是《客傲》。史载："璞既好卜筮，缙绅多笑之。又自以才高位卑，乃著《客傲》。"（《晋书·郭璞传》）《客傲》实仿东方朔的《答客难》、扬雄的《解嘲》形式而作，惟自慰自解以发牢骚者，总不离以玄学为本的人生态度。所谓"登降纷于九五，沦涌悬乎龙津。蚑蛾以不才陆槁，蟒蛇以腾骛暴鳞。连城之宝，藏于褐里，三秀虽艳，糜于丽采。香恶乎芬，贾恶乎在……玄悟不以应机，洞鉴不以昭旷。不物物我我，不是是非非。忘思非我意，意得非我怀"云云。

二、玄言诗

玄言诗并非东晋诗坛的独特现象，早在魏、晋之际玄学兴盛之时，玄言便已进入诗歌。东晋玄言诗创作十分繁荣，自与此时玄学勃兴、清谈盛行有关。晋室南渡，中朝名士即将谈玄风气带入江东。《世说新语·文学》说："王丞相过江，止道声无哀乐、养生、言尽意三理而已。然宛转关生，无所不入。"意谓王导谈玄涉及的传统命题有三，但与"三理"相关的内容也无所不及。其实，王导以外诸名士谈玄，涉及新老命题颇多，大抵江左名士谈玄的内容和中朝名士所谈大不同者，是在玄理之中注进了佛理。如殷浩精通《易》《老》，晚年又"大读佛经，皆精解"（《世说新语·文学》），清谈持论即多有胜义。此时不少北来的或本地的名僧，如康僧渊、竺道潜、支遁等，熟谙《老》《庄》，更是以佛释玄、使得玄学新义迭出的好手。如支遁在白马寺与人谈《庄子·逍遥》，即"卓然标新理于二家（向、郭）之表，立异义于众贤之外，皆是诸名贤寻味之所不得，后遂用支理"（《世说新语·文学》）。

除玄学义理、思辨方法得到佛学的资助外，促使东晋玄学勃兴的，还有诸多名士热衷于将思索玄理和人生体验结合在一起。孙绰说庾亮"雅好所托，常在尘垢之外，虽柔心应世，蠖屈其迹，而方寸湛然，固以玄对山水"（《庾亮碑》）。所谓"以玄对山水"，就是怀抱玄心，即"在尘垢之外"的"湛然"之心面对山水。因为"山水以形媚道"（宗炳《画山水序》），所以，"以玄对山水"，一方面是览山水以悟其道（玄理），另一方面是借览山水以印证其道（玄理）。其实，"以玄对山水"是东晋诸多名士的共同习好，并非庾亮独有其癖。而且，由于服膺玄学，诸多名士不单以玄对山水，还以玄对人生（包括对自我人生的设计和对他人为人的品评）、以玄对历史（包括对历史人物的品评）、以玄对艺术（包括音乐、美术、书法的创作和评论）。

诸多名士既以玄学构建其人生艺术精神，当他们进行文学创作时，必然会追求以玄学为本的文学艺术精神。追求的结果大体有二：一是顾及文学特性，使玄理（包括吸纳儒、佛学理者）如盐着水一般融入诗、赋、散文之中；二是不大顾及文学的固有特性，使诗、赋、文成为阐说、敷衍玄理的工具。对玄学进入文学的普泛性，刘勰有谓："自中朝贵玄，江左称盛，因谈余气，流成文体，是以世极迍邅，而辞意夷泰，诗必柱下之旨归，赋乃漆园之义疏。"（《文心雕龙·时序》）专论东晋玄学对诗歌的影响，檀道鸾则谓："正始中，王弼、何晏好庄、老玄胜之谈，而俗遂贵焉。至过江，佛理尤盛，故郭璞五言，始会合道家之言而韵之，询及太原孙绰转相祖尚，又加以三世之辞（按：释氏说过去、现在、未来为三世），而《诗》《骚》之体尽矣。询、绰并为一时文宗，自此学者悉体之。"（《续晋阳秋》）嗣后，钟嵘亦谓："永嘉时，贵黄、老，稍尚虚谈，于时篇什，理过其辞，淡乎寡味，爰及江表，微波尚传。孙绰、许询、桓、庾诸公诗，皆平典似《道德论》，建安风力尽矣。"（《诗品序》）三家所言各有侧重。刘、钟所言，实指不大顾及诗歌固有特性的玄言诗，而说诗旨必以老、庄为宗，似于佛理（为玄学所用）入诗有所忽略。檀氏则说到东晋玄言诗思想和诗风的演变情形，他将郭璞和许、孙等人作为不同发展阶段的代表，实已揭示东晋玄言诗由顾及文学性转变到不大顾及文学性的特点。前后不同，或如黄侃所说："东晋玄言诗，景纯实为之前导，特其才气奇肆，遭逢险艰，故能假玄语以写中情，非夫抄录文句者所可拟况。若孙、许之诗，但陈要妙，情既离乎比兴，体有近于偈语。"（《〈诗品〉讲疏》）"但陈要妙（指玄学理趣），既离乎比兴，体有近于偈语"，正是不大顾及文学性的玄言诗的基本特点。它们辞趣一揆，尽说玄理，全无抒情、言志特色，也不用比兴手法创造诗的意象、意境，仅用抽象的语言说抽象的道理，把诗变成了没有诗意美的偈语或歌诀。就是这种诗风，却受到谈玄之士的欢迎。不但特别擅长者被视为"一代文宗"，而且"风会所趋，仿效日众"（《〈诗品〉讲疏》）。

前人论东晋玄言诗，多以孙绰、许询、桓温、庾亮、袁宏为代表性诗人，而以《兰亭集》诗为代表作。桓温、庾亮之诗今已不存。许询存诗仅有残句若干，除"亹亹玄思得，濯濯情累除"（《农里诗》）二句与说玄相关外，完整的玄言诗也见不到。袁宏存诗亦少，惟《从征行方头山诗》谓"峩義太行，凌虚抗势。天岭交气，窈然无际。澄流入神，玄谷应契。四象悟心，幽人来憩"，写作者以玄对山水、从山水中体悟玄理的感受，是一首玄言诗。孙绰存诗较多，其玄言诗多为赠答诗（受赠对象亦为谈玄者，又往往赠一人有诗数章）。如云：

大朴无像，钻之者鲜。

玄风虽存，微言靡演。

邈矣哲人，测深钩缅。

谁谓道辽，得之无远。

——《赠温峤诗五章》其一

浩浩元化，五运迭送。
昏明相错，否泰时用。
数钟大过，乾象摧栋。
惠怀凌摶，神鉴不控。

——《与庾冰诗十三章》其一

仰观大造，俯览时物。
机过患生，吉凶相拂。
智以利昏，识由情屈。
野有寒枯，朝有炎郁。
失则震惊，得必充诎。

——《答许询诗九章》其一

遗荣荣在，外身身全。
卓哉先师，修德就闲。
散以玄风，涤以清川。
或步崇基，或恬蒙园。
道足胸怀，神栖浩然。

——《答许询诗九章》其三

缅哉冥古，邈矣上皇。
夷明太素，结纽灵纲。
不有其一，二理曷彰。
幽源散流，玄风吐芳。
芳扇则歇，流引则远。
朴以凋残，实由英剪。
……
天生而静，物诱则躁。
全由抱朴，灾生发窍。
……

——《赠谢安诗》

除《赠谢安诗》有几句借物象说理（如谓"青松负雪，白玉经飙。鲜藻弥映，素质逾昭"）外，全是直陈玄理。当时不少诗人的玄言诗都与孙诗风貌大体相同。或全篇直陈玄理而用语简略，如郗超的《答傅郎诗六章》其一谓："森森群像，妙归玄同。原始无滞，孰云质通。悟之斯朗，执焉则封。器乖吹万，理贯一空。"或直说玄理而用语较繁，如支遁的《咏怀诗五首》其一谓："傲兀乘尸素，日往复月旋。弱丧困风波，流浪逐物迁……踟蹰观象物，未始见牛全。毛鳞有所贵,所贵在忘筌。"或就人事生发议论,如王胡之的《赠庾翼诗八章》其七后半即谓:"神齐玄一,形寄为两。苟体理分,动寂忘象。"至于《兰亭集》中的诗(共41首),本是名士以玄对山水的结果。一部分诗写诗人以玄学审美观念欣赏山水明秀清丽和万物生机勃发的愉悦之感,所谓"藉芳草,鉴清流,览卉物,观鱼鸟,具类同荣,资生咸畅"(孙绰《兰亭集后序》);另一部分写观赏山水领悟的玄理,所谓"聊于暧昧之中,期乎萦拂之道"(孙绰《兰亭集后序》)。后一部分诗表现手法也分直说玄理和纳写景于说理中两种。像下列诗篇:

  三春启群品,寄畅在所因。
  仰望碧天际,俯磐绿水滨。
  寥朗无厓观,寓目理自陈。
  大矣造化功,万殊莫不均。
  群籁虽参差,适我无非新。
      ——王羲之《兰亭诗》

  相与欣佳节,率尔同褰裳。
  薄云罗阳景,微风翼轻航。
  醇醪陶元府,兀若游羲唐。
  万殊混一象,安复觉彭殇。
      ——谢安《兰亭诗》

  望岩怀逸许,临流想奇庄。
  谁云真风绝,千载挹馀芳。
      ——孙嗣《兰亭诗》

  纵觞任所适,回波萦游鳞。
  千载同一朝,沐浴陶清尘。
      ——谢绎《兰亭诗》

  鲜葩映林薄,游鳞戏清渠。
  临川欣投钓,得意岂在鱼。
      ——王彬之《兰亭诗》

此类诗自以陈说玄理(或以玄学为宗的观念)为主,但叙说中多少有些景物描写。另一类诗虽然所说之理从观赏山水中悟出,但表述时却极少用形象说话。比如:

  茫茫大造,万化齐轨。
  罔悟玄同,竞异摽旨,
  平勃运谋,黄绮隐几。
  凡我仰希,期山期水。
      ——孙统《兰亭诗》

驰心域表，寥寥远迈。
理感则一，冥然玄会。

——庾友《兰亭诗》

仰想虚舟说，俯叹世上宾。
朝荣虽云乐，夕弊理自因。

——庾蕴《兰亭诗》

先师有冥藏，安用羁世罗。
未若保冲真，齐契箕山阿。

——王徽之《兰亭诗》

就维护诗的抒情性和诗意美而言，此类玄言诗自在否定之列。而从诗歌发展史的角度看，玄言诗的流行，反映出诗人情志的理性化，原有的诗歌属性和传统表现形式已不能适应其需要。另外，诗中内容情理兼具或由情向理适度倾斜，能增强诗的表现能力，故以玄言入诗，也可视为对改造诗体属性而提高其表现功能的一种尝试。再者，玄言诗的产生，离不开作者的以玄对山水和以玄对人生，因而玄言诗的兴起对山水诗的滋生和哲理诗的发展是有促进作用的。此外，我们还应明白，以玄言入诗是东晋诗坛突出的文学现象，但并非唯一的或最重要的文学现象，即使玄言诗的代表人物也有其他题材和风格的诗作。

第三节 陶渊明的诗歌辞赋

陶渊明（365—427），字元亮，又名潜，字渊明，浔阳柴桑（今江西九江）人。曾祖陶侃为东晋开国元勋，官至大司马，封长沙郡公，与王导同列，因出身寒门，而被世族讥为"小人"。祖父陶茂官至武昌太守，父陶逸做过安城太守。陶渊明二十九岁时任江州祭酒，因不堪吏职，不久即辞职归里。三十五岁时做桓玄属官，三十七岁时居家躬耕。四十岁时为刘裕镇军参军，四十一岁时为江州刺史刘敬宣建威将军参军。义熙元年（405年）八月为彭泽令，十一月弃官归隐。史载："郡遣督邮至，县吏白应束带见之。潜叹曰：'我不能为五斗米折腰向乡里小人！'即日解印绶去职。"（《宋书·陶潜传》）此后一直生活在庐山脚下农村，再也没有重返仕途。

一、陶渊明的诗歌题材及其艺术特色

陶渊明今存诗一百二十余首，多为抒情诗。按题材分，大致可分为田园诗、咏怀诗和咏史诗三类。

（一）田园诗及其艺术特色

陶诗中表现归隐田园生活感受的诗居多。由于诗人对归隐生活向往已久，故得以遂愿，

便喜不自禁。《归园田居五首》其一云：

少无适俗韵，性本爱丘山。
误落尘网中，一去三十年。
羁鸟恋旧林，池鱼思故渊。
开荒南野际，守拙归园田。
方宅十余亩，草屋八九间。
榆柳荫后檐，桃李罗堂前。
暧暧远人村，依依墟里烟。
狗吠深巷中，鸡鸣桑树巅。
户庭无尘杂，虚室有余闲。
久在樊笼里，复得返自然。

开头几句写诗人对往事的回顾，说到自己多年来出仕为宦是违背本性，误落尘网，时时都在眷恋故园，如同"羁鸟恋旧林，池鱼思故渊"。这种回顾是为了突出他今日得以归来的欣喜之情。下面，诗人把他极为熟悉的平常景物如数家珍似的一一说出来，便是他这种自慰、自适、自乐之感的自然流露。末句"久在樊笼里，复得返自然"，是诗人对他生活经历的概括，也是在叙述自己自得其乐的原因。中间有慨叹，但更多的是庆幸。诗人庆幸自己终于找到了人生的归宿，他用诗描写自己的归隐生活，记述参加劳动的体会，表现归隐到底的决心。一切都是那样自然、真诚。其三写他参加农业劳动：

种豆南山下，草盛豆苗稀。
晨兴理荒秽，带月荷锄归。
道狭草木长，夕露沾我衣。
衣沾不足惜，但使愿无违。

这是一幅白描般的图画，散发出浓郁的生活气息。在陶渊明那个时代，士大夫们高唱"耕稼岂云乐"（谢灵运《斋中读书》），而陶渊明却以参加劳动为乐，是不简单的。诗中所写的是诗人初次参加农业劳动的体会，一切都是那样新鲜有味。夜晚踏着月色归来，仿佛那月亮在和他作伴，被他带回村里来了。

随着时间的推移，他和农民的交往愈来愈密切，共同语言愈来愈多。"时复墟曲中，披草共来往。相见无杂言，但道桑麻长。"（《归园田居五首》其二）。他和邻里也相处得不错："邻曲时时来，抗言谈在昔。奇文共欣赏，疑义相与析。"（《移居二首》其一）"春秋多佳日，登高赋新诗。过门更相呼，有酒斟酌之。农务各自归，闲暇辄相思。相思则披衣，言笑无厌时。"（《移居二首》其二）重要的是，他对参加劳动的意义有了更深的体会。《庚戌岁九月中于西田获早稻》云：

人生归有道，衣食固其端。
孰是都不营，而以求自安！
开春理常业，岁功聊可观。

>晨出肆微勤，日入负耒还。
>山中饶霜露，风气亦先寒。
>田家岂不苦？弗获辞此难。
>四体诚乃疲，庶无异患干。
>盥濯息檐下，斗酒散襟颜。
>遥遥沮溺心，千载乃相关。
>但愿长如此，躬耕非所叹。

诗人认为，人们谋生有一定的准则，而衣食是第一要紧的事，如果连衣食都不顾，那就无法求得自安。要谋衣食，劳动就不可少，即使艰苦也不能避免。这和他在《劝农》中说的"民生在勤，勤则不匮。宴安自逸，岁暮奚冀。儋石不储，饥寒交至"是一致的。都充分认识到劳动对于人生的重要性。固然他也说到要把躬耕作为避祸的手段，但他通过实践体验到劳动的艰辛，并表示愿意长期从事艰辛的农业劳动，这是一般士大夫所望尘莫及的。

《饮酒二十首》其五写他归隐田园后，避开了人世的尘嚣，在与大自然的接触中，领悟到了人生的真谛：

>结庐在人境，而无车马喧。
>问君何能尔？心远地自偏。
>采菊东篱下，悠然见南山。
>山气日夕佳，飞鸟相与还。
>此中有真意，欲辨已忘言。

诗人采菊东篱下，不经意地抬起头来，南山闯入了他的眼帘，黄昏前的山间云气是那样美。空中飞鸟结伴而归，诗人由此想到自己归隐故居的举动，领受到了归朴返真（自然）的意趣。这给他带来了无穷的喜悦和满足，以至达到了得意忘言的地步。诗中写景，实将诗人的感受融汇其中，他说"山气日夕佳"，但不说如何佳法，而是把他的主观印象说出来让读者去想象。诗中用字也极为准确、传神。"见南山"的"见"字把诗人那一份悠闲、自适的心情描绘得多么真切，如果改用"望"字便是着意看山，难得表现出那一份自然意趣。正因有上面一些长处，所以此诗虽然具有玄言成分，也仍然能使人看到诗人怡然自得的形象。

陶诗中写归隐生活的乐趣，常常是和表达自己归隐到底的决心联系在一起的。这从前面提到的几首诗就可看出，而《饮酒二十首》其九比较集中地反映了这种情趣：

>清晨闻叩门，倒裳往自开。
>问子为谁欤？田父有好怀。
>壶浆远见候，疑我与时乖。
>褴缕茅檐下，未足为高栖。
>一世皆尚同，愿君汩其泥。

深感父老言，禀气寡所谐。
纡辔诚可学，违己讵非迷！
且共欢此饮，吾驾不可回！

此诗写诗人与"田父"的融洽关系，与其十四说"故人赏我趣，挈壶相与至。班荆坐松下，数斟已复醉。父老杂乱言，觞酌失行次。不觉知有我，安知物为贵？悠悠迷所留，酒中有深味"同一境界。突出的是诗写田父怪他与世相违，劝其出仕与世同流，诗人断然拒绝。大概是当时有人劝他出仕，故有此作。

陶渊明隐居田园，并不是一味地悠悠然。他也有苦恼，甚至有很深的痛苦。《杂诗十二首》其八写他努力耕作却难得温饱："躬亲未曾替，寒馁常糟糠。岂期过满腹，但愿饱粳粮。御冬足大布，粗絺以应阳。正尔不能得，哀哉亦可伤！"《怨诗楚调示庞主簿邓治中》写在旱灾严重的年头饥寒难挨，十分感人："炎火屡焚如，螟蜮恣中田。风雨纵横至，收敛不盈廛。夏日长抱饥，寒夜无被眠。造夕思鸡鸣，及晨愿乌迁。"夜里希望天快些亮，白天希望太阳早些下山，难以度日的苦况可以想见。他还有一首《乞食》诗，说"饥来驱我去，不知竟何之！行行至斯里，叩门拙言辞"，叙事、言情，真切之至。陶诗中屡言"固穷"，诸如"高操非所攀，深得固穷节"（《癸卯岁十二月中作与从弟敬远一首》），"不赖固穷节，百世当谁传"（《饮酒》其二），"竟抱固穷节，饥寒饱所更"（《饮酒》十六）等，不仅是表达他对一种情操的向往，也实在是因为他有穷可"固"。陶渊明毕竟是做过官的，归隐初期尚有一定的产业，他的遭遇尚且如此，那么那些遭受残酷剥削、田地为人所夺的农民生活又将如何呢？他的《还旧居》多少透露出了这方面的消息："畴昔家上京，六载去还归。今日始复来，恻怆多所悲。阡陌不移旧，邑屋或时非。履历周故居，邻老罕复遗。步步寻往迹，有处特依依。"诗人六年未回旧居故地，往日的屋舍毁了，熟悉的邻居也所剩无几了，这种变化自与当日的兵乱、灾疫有关。

苏轼说："渊明作诗不多，然其诗质而实绮，癯而实腴。"（《与苏辙书》）杨时说："陶渊明诗所不可及者，冲淡深粹，出于自然。"（《龟山先生语录》卷一）朱熹亦谓："渊明诗平淡，出于自然。"（《朱子语类》卷一百四十）这些评语虽就整个陶诗而言，实最能概括其田园诗的艺术特点。平淡有味，应是渊明田园诗最突出的审美特征；"寄至味于淡然"（谢榛《四溟诗话》卷四），应是他最重要的表现艺术。故其诗言近意远，用语朴素而含蕴丰美。渊明为人任真（自然）自得，写诗也能以本色相见。前人说"渊明不为诗，写其胸中之妙尔"（陈师道语），"陶渊明直是倾倒所有，借书于手，初不自知为语言文字也"（叶梦得语），这些都说明陶诗是诗人性情的自然流露，是诗人心中要说的真话。他用不着装腔作势地大声疾呼，也不必用华美的言词矫饰感情，因而其诗有真淳之美。这种诗风既有别于陆机、潘岳的繁缛、轻绮，也和玄言诗的"理过其辞，淡乎寡味"不同。

渊明田园诗"寄至味于淡然"的表现艺术，主要体现在两方面。

一是用田园生活中的平常事物表达诗人归隐田园的自得情趣。田园诗所写题材多是日常生活中的事物。诸如采菊饮酒、种豆收稻、庄稼的生长状况、劳动中的辛劳，以及他和邻里的种种来往、他对儿子的教诲和期望等。这样出现在诗中的形象也是极平常的,诸如田父、鱼鸟、松菊、草屋丘垅、豆苗桑麻、村落炊烟以及鸡鸣狗吠等,但这些都是浸透着诗人情感、足以寄托其隐者情怀的事物。诗人在观察它们时得到过精神上的满足,在写诗时又用它们表达这种满足。如其写景,即融情于景。虽然所写之景为平常景物,入诗却成了诗歌意境的有机成分。由于饱含情意在内,故景象皆为意象,别具一种韵味,而不是仅仅提供一种形拟的美。比如"暧暧远人村,依依墟里烟。狗吠深巷中,鸡鸣桑树巅",写诗人初归园田居的见闻感受,便是景语即为情语。他立在堂前眺望村野景象,视线由远而近,观感由朦胧而清晰:那隐约可辨的是远处的村落,那历历在目的是农家的炊烟。"依依"二字写炊烟轻柔,缓缓而上,仿佛不愿飘散似的,既显出天空的明净、村野的宁静,也映现出诗人对故园的依恋之情。下写鸡鸣狗吠,既衬托出乡村的静,也表现出诗人心情的静。他是那样入迷地欣赏着田园风光,忽地鸡鸣狗吠把他从静思中唤醒过来,又在他的心湖中激起欣喜的涟漪。如此写景,景出情出人出而又出之自然(苏轼说这四句诗"如大匠运斤,无斧凿痕"),是很不容易的。至于前面提到的"平畴交远风,良苗亦怀新",分明是以我观物所见到的物的情态,写的是物亦具我之情。而"众鸟欣有托,吾亦爱吾庐",则是将物、我打成一片。乍看似我亦具物之情,而写众鸟欣然有托,实是在写诗人的感受。由于诗人写景重在表达感情,因此诗中出现的多是孤松、孤云、孤鸟、池鱼、惊鸟、羁鸟、芳菊、良苗、好风、凉风等形象。在写到它们时,并不对某一具体物象的外貌作客观描摹,而是取人所感知的神态、属性,借以表达诗人情意上的寄托和追求。比如同是写鸟,当诗人要表现在尘世中孤寂、彷徨的苦闷时,笔下出现的是"栖栖失群鸟",强调的是它的"日暮犹独飞,徘徊无定止,夜夜声转悲";当诗人得以归隐、深感自得时,笔下出现的是"飞鸟相与还",突出的是成群的飞鸟结伴归去。总之诗人写景、叙事,所取神态总带有他个人性情的烙印,所以我们读他的诗,虽然接触的是眼前景、身边事,却感到既有图画般的美,又有深长的意味。

二是用平常语言写深切感受。渊明田园诗无论写田园生活的自适之感,还是写在田园生活中体悟到的人生真谛,多用寻常语言道来。不但不求绮丽,不较音律,而且说得朴实,不用大言壮语,以至时人谓之质直。如说"方宅十余亩,草屋八九间","种豆南山下,草盛豆苗稀","今日天气佳,清吹与鸣弹"(《诸人共游周家墓柏下》),"欢然酌春酒,摘我园中蔬。微雨从东来,好风与之俱"(《读山海经十三首》其一),自然天成,全无雕琢痕迹。其他诗,如《拟古九首》其三说:"自从分别来,门庭日荒芜。"其六说:"万一不合意,永为世笑之。"《责子》说:"白发被两鬓,肌肤不复实。虽有五男儿,总不好纸笔。阿舒已二八,懒惰故无匹。阿宣行志学,而不爱文术。雍端年十三,不识六与七。通子垂九龄,但觅梨与栗。天运苟如此,且进杯中物。"这些诗句简直如同口语。陶诗语言质朴、通俗,但它又清简、精练,传情达意,极富表现力。所谓"文体省净,殆无长语"(钟嵘《诗品》卷中),"靖节诗不为冗语,惟意尽便了"(许学夷《诗源辨体》)。"其语言之妙,往往累言说不出处,数字回翔略尽"(钟惺《古诗归》卷九)。可见,其诗语言的清简、平淡,并不等于粗糙、浅陋和随意编排，而是经过加工、提炼的结果。如元好问说的"豪华落尽见真淳"（《论诗绝句》）。故其诗语虽平易却用词精当，显得气韵充足，诗味隽永，耐人咀嚼。《时运》写暮春山空、田野景象："山涤余霭，宇暧微霄。有风自南，翼彼新苗。"十六个字，就描绘出一幅山野暮春图。"翼彼新苗"写庄稼苗的叶片在南风吹拂时左右摇动，如同鸟儿的翅膀上下扇动一样，多么传神！诗人的欣悦之感亦可想见。又如"平畴交远风，良苗亦怀新"（《癸卯岁始春怀古田舍二首》其二），"众鸟欣有托，吾亦爱吾庐"（《读山海经十三首》其一），都是以极平常的语言写极真切的感受。至于"日月掷人去"的"掷"字，"悠然见南山"的"见"字，"中夏贮清阴"的"贮"字，论其准确、生动和感情色彩的浓厚，几无他字可换。正因写得简净、真淳，故其诗看似平易却并不易解。如苏轼所言："观陶彭泽诗，初若散缓不收，反复不已，乃识其奇趣。"（《书唐氏六家书后》）

还要指出的是，渊明作田园诗，不论用日常生活中的平常事物表达自得情趣，还是用寻常语言表达深切感受，都有出于自然的特点。所谓"渊明诗所以为高，正在不待安排，胸中自然流出"（朱熹语）。本来，渊明为人，悲欢忧喜就出于自然，发而为诗，自以"胸中自然流出"为美。故唐顺之说："陶彭泽未尝较声律，雕文句，但信手写出，便是宇宙间第一等好诗。何则？其本色高。"（《答茅鹿门知县》）

（二）咏怀诗及其艺术特色

从抒情言志的角度看，陶诗中的田园诗、咏史诗，都属于咏怀诗。但这里说的咏怀诗，主要是田园诗、咏史诗以外的咏怀诗，代表作为《述酒》《饮酒二十首》《拟古九首》《杂诗十二首》《咏贫士七首》《拟挽歌辞三首》等组诗中的大部分作品。

陶诗言饮酒者甚多，此类诗作的意义，当如萧统、韩愈所言："有疑陶渊明诗篇篇有酒，吾观其意不在酒，亦寄酒为迹者也。"（萧统《陶渊明集序》）"吾少时读《醉乡记》，私怪隐居者无所累于世，而犹有是言……及读阮籍、陶潜诗，乃知彼虽偃蹇，不欲与世接，然犹未能平其心，或为事物是非相感发，于是有托而逃焉者也。"（韩愈《送王含秀才序》）《饮酒》组诗即仿阮籍《咏怀》而作，用"寄酒为迹"的方式，写他"为事物是非感发"的难平之心。如云：

衰荣无定在，彼此更共之。
邵生瓜田中，宁似东陵时。
寒暑有代谢，人道每如兹。
达人解其会，逝将不复疑。
忽与一樽酒，日夕欢相持。

——《饮酒二十首》其一

道丧向千载，人人惜其情。
有酒不肯饮，但顾世间名。
所以贵我身，岂不在一生。

一生复能几，倏如流电惊。
鼎鼎百年内，持此欲何成！

——《饮酒二十首》其三

栖栖失群鸟，日暮犹独飞。
徘徊无定止，夜夜声转悲。
厉响思清远，去来何依依。
因值孤生松，敛翮遥来归。
劲风无荣木，此荫独不衰。
托身已得所，千载不相违。

——《饮酒二十首》其四

行止千万端，谁知非与是？
是非苟相形，雷同共誉毁！
三季多此事，达士似不尔。
咄咄俗中愚，且当从黄绮。

——《饮酒二十首》其六

少年罕人事，游好在六经。
行行向不惑，淹留遂无成。
竟抱固穷节，饥寒饱所更。
弊庐交悲风，荒草没前庭。
披褐守长夜，晨鸡不肯鸣。
孟公不在兹，终以翳吾情。

——《饮酒二十首》其十六

羲农去我久，举世少复真！
汲汲鲁中叟，弥缝使其淳。
凤鸟虽不至，礼乐暂得新。
洙泗辍微响，漂流逮狂秦。
诗书复何罪，一朝成灰尘。
区区诸老翁，为事诚殷勤。
如何绝世下，六籍无一亲！
终日驰车走，不见所问津。
若复不快饮，空负头上巾。
但恨多谬误，君当恕醉人。

——《饮酒二十首》其二十

其一说"人道"变化犹如寒暑代谢，荣而会衰，人所难免，既识其理，当日夕饮酒以对。其三说在大道久丧、情欲日滋的今天，顾名、贵身均不可取，可取者为饮酒耳。其四写诗人在险恶时代得以归隐的满足感和归隐到底的决心。其六说人生出处方式多种多样，不可以是非论之，自己要步黄公、绮里季夏（二人均为因避秦而遁入商山的"四皓"中人）后尘，意谓不仕桓玄篡晋所建之楚。其十六回顾平生服膺儒学的人生经历，流露出对功名事业无所成就的遗憾和在穷困境遇中没有知音的苦闷。其二十实说世无"真""淳"可言，唯醉酒能复"真"得"淳"。诗谓"若复不快饮，空负头上巾。但恨多谬误，君当恕醉人"，是说"不快饮"便不能复真得淳，便对不住头上的儒冠。而复真得淳往往被人视为酒后失言，故请君"恕醉人"。后二句实为反语。此诗和其十三谓"有客常同止，趣舍邈异境。一士长独醉，一夫终年醒。醒醉还相笑，发言各不领。规规一何愚，兀傲差若颖。寄言酣中客，日没烛当秉"，都是讲醉饮可贵。说醉者才是醒者、颖（聪颖）者，其"兀傲"于世，正是复真得淳以对抗俗风衰颓的表现。

如果说《饮酒二十首》组诗多写诗人身世怀抱和愤世之慨，《述酒》则有直斥时政之意。作者注谓"仪狄造，杜康润色之"，含义极深。仪狄、杜康是古代擅长酿酒的人。注言酒由仪狄造出，再由杜康润色。实是比喻桓玄篡位于前，刘裕自代于后，东晋终于灭亡。为了篡位，桓玄酖杀司马道子，刘裕酖杀晋安帝，两人都以毒酒杀人篡权，故渊明以《述酒》为题，自为作注以申其慨。诗中"豫章抗高门，重华固灵坟"，写刘裕（封豫章郡公）得势，肆行篡夺，晋恭帝为其所杀。而"泪流抱中叹，倾耳听司晨"，则表达了他因晋亡所引起的无尽悲哀。

《拟古九首》，多悼国伤时之语，亦有自叹不遇者。"大抵遭逢易代，感世事之多变，叹交情之不终，抚时度势，实所难言，追昔伤今，惟发诸慨。"（温汝能《陶诗汇评》卷四）"不欲显斥，故以拟古等目名其题云。"（许学夷《诗源辩体》卷六）如其八写他怀抱利器，到处寻找施展本领的机会，结果失意而归，使得壮志难酬：

少时壮且厉，抚剑独行游。
谁言行游近，张掖至幽州。
饥食首阳薇，渴饮易水流。
不见相知人，惟见古时丘。
路边两高坟，伯牙与庄周。
此士难再得，吾行欲何求！

此诗纯用象喻手法言志抒怀。东晋时期，北中国为少数民族政权所控制，诗人何以到达幽州寻找报国机会？他不过是借张掖、幽州这些施展本领、建立功业的典型地名说明他为求一用世机会，所到之地甚远甚广，使人产生一种奋发壮烈的感受。"饥食""渴饮"二句也是借伯夷、叔齐、荆轲的典故来表现诗人精神上的寄托，说明他早年就向往清士的操守和侠士的见义勇为。而"伯牙与庄周"自是指代知音。他有壮志，有本领，有渴望用世的愿望，却在现实中找不到志同道合的人，所以他感到失望和苦闷。

《杂诗十二首》可谓愁绪万端，悲愤难禁，为《拟古九首》余绪。如其二云：
白日沦西河，素月出东岭。

> 遥遥万里辉，荡荡空中景。
> 风来入房户，夜中枕席冷。
> 气变悟时易，不眠知夕永。
> 欲言无予和，挥杯劝孤影。
> 日月掷人去，有志不获骋。
> 念此怀悲凄，终晓不能静。

此诗可与阮籍的《咏怀诗》其一并读，它们都写出了一种时代的孤寂感。陶诗"气变悟时易，不眠知夕永"以及前二句写风入房户，枕席寒冷，明言节候变化，实含易代之慨。在漫漫长夜，他找不到一个和自己有共同语言的人，只好自酌自饮，借酒消愁。但愁哪能止息，一想到"日月掷人去，有志不获骋"的现实，他便不胜悲凄。

《咏贫士七首》实借咏贫士而抒己怀。前二首即直写诗人隐者情怀，后五首则通过歌咏古代贫士的安贫固穷，表达诗人困于饥寒时所追求的精神力量。其一云：

> 万族各有托，孤云独无依。
> 暖暖空中灭，何时见馀辉。
> 朝霞开宿雾，众鸟相与飞。
> 迟迟出林翮，未夕复来归。
> 量力守故辙，岂不寒与饥？
> 知音苟不存，已矣何所悲！

诗的前四句写云，中四句写鸟，后四句写人，写出诗人思想活动的几个层次，在结构上是空中转身式的跳接，在文字上没有明显的承接迹象。诗中说万物皆有依托之所，草木长在地上，鱼儿游在水中，唯独孤云上不着天，下不着地。这孤云实是诗人自喻，写他的孤独无依。下面写"众鸟相与飞"，却有一只鸟与众不同，它出林迟而归林早。这是写景，亦有寓意。暗指晋宋易代之际，士人竞相依附新政权追逐权力，却也有人不为功名所动。下面托出诗人本意：自己宁愿忍受饥寒，也要坚守"故辙"。这"故辙"除指归隐之道和"固穷"之节外，还包含诗人对晋室的一片忠心。

陶渊明的咏怀诗，在艺术上受到阮籍《咏怀诗》多方面的影响，突出的有两点。

一是学阮诗抒情寄慨，说人生体验，说现实感受，即使深忧、激愤，也不详言引发这种情绪的具体事件。如陶诗写诗人的忧世之情、愤世之慨，本来涉及晋、宋易代之际种种篡乱之事和士人节操沦丧的行为，而诗人却用"寒暑有代谢，人道每如兹""羲农去我久，举世少复真"一类抽象的话概括言之。就是写他隐居中的精神苦闷，也是极写其苦闷之深而不在实写其事上下功夫；偶尔言及人生蹭蹬经历，也是用慨叹语气笼统道来（如谓"淹留遂无成"）。

二是学阮诗用比兴手法抒情寄慨，托物、托人、托事以咏怀。如其《饮酒二十首》即"寄酒为迹"以达其意，《咏贫士七首》及《拟古九首》中就有托咏古人而抒慨者。像《述酒》似说酒史而实斥桓玄、刘裕篡位，《拟古九首》其九写桑树"枝条始欲茂，忽值山河改。

柯叶自摧折,根株浮沧海",实是以桑指代东晋,写刘裕篡晋自立事,亦有言在此而意在彼的特点。又像《拟古九首》其八用象喻手法,借用古代含有独特文化意蕴的人物、地名、山水作意象,叙事以抒怀,像《饮酒二十首》其四《咏贫士七首》其一以鸟为喻以言志,《杂诗十二首》其二寓"悲凄"之感于景物描写之中,都有抒情寄慨、曲折道来的特点。和阮诗不同,渊明的咏怀诗多数意旨显明,并无"难以情测"之作。抒怀既多用比兴,亦不乏议论,但都出语平易,显得朴淡、自然。

(三)咏史诗及其艺术特色

陶渊明好读史、论史,好借咏史以抒怀。自谓其作《读史述九章》,即"余读史记有所感而述之"。又曾作《扇上画像赞》《尚长禽庆赞》,赞颂历史上的几位隐士。咏史诗则有《饮酒二十首》中的其十一、十二(颜生称为仁)(长公曾一仕)、十八(子云性嗜酒),《拟古九首》其二(辞家夙严驾),《咏贫士七首》中的后五首,以及《咏二疏》《咏三良》《咏荆轲》等。此外,《读〈山海经〉十三首》,也具有咏史性质。

陶渊明咏史抒怀,多用人物品评方式进行。其品评标准基本上出自儒家人生价值观念。抒怀寄慨的取向则有二:一是借对古代贫士、高士心性、境遇的歌咏,以表达自己隐而不仕和抱固穷之节以对饥寒的志趣以及在"古贤"中找到知音所得到的精神上的满足感。所谓"何以慰吾怀,赖古多此贤"(《咏贫士七首》其二)。如《咏二疏》,称颂的是汉代疏广(官太子太傅)、疏受(官太子少傅)叔侄俩"高啸返旧居,长揖储君傅"的高尚行为,中谓"放意乐余年,遑恤身后虑"是说二疏,也是在说自家体会。"谁云其人亡,久而道弥著"二句,是对二疏不仕而归的认可、赞许,言语中也带出诗人夺冠而归的自得情怀。又如《咏贫士七首》其七云:

昔在黄子廉,弹冠佐名州。
一朝辞吏归,清贫略难俦。
年饥感仁妻,泣涕向我流。
丈夫虽有志,固为儿女忧。
惠孙一晤叹,腆赠竟莫酬。
谁云固穷难?邈哉此前修!

此诗实用"前修"黄子廉的固穷慰勉自己,中谓"惠孙一晤叹,腆赠竟莫酬",与诗人拒收江州刺史檀道济所馈梁肉何其相似。事实上,诗人咏史、论人,多将自己的人生经验、感受融合于内,颇有些借歌咏历史人物写心言志的意味。这类诗作的风格亦以平淡为主,语气平和,语词平易,很少有情绪激昂、语词激切或深隐其意、故作典雅者。

二是借对历史人物的歌咏,表现诗人的愤世之慨。如《咏荆轲》极写易水之别的悲壮气氛,以突出荆轲的"壮士"情怀,而说荆轲"心知去不归,且有后世名。登车何时顾,飞盖入秦庭。凌厉越万里,逶迤过千城。惜哉剑术疏,奇功遂不成!其人虽已殁,千载有馀情"。不但用健语壮词写出荆轲入秦的一往无前,还用无限惋惜的语气为他的失败而慨叹。又如《读〈山海经〉十三首》其九、其十：

夸父诞宏志，乃与日竞走。
俱至虞渊下，似若无胜负。
神力既殊妙，倾河焉足有？
馀迹寄邓林，功竟在身后。

——《读〈山海经〉十三首》其九

精卫衔微木，将以填沧海。
刑天舞干戚，猛志固常在！
同物既无虑，化去不复悔。
徒设在昔心，良辰讵可待！

——《读〈山海经〉十三首》其十

这两首诗和《咏荆轲》都是歌颂失败了的英雄，赞扬他们"千载有馀情""功竟在身后""化去不复悔"所留下的一种奋斗精神。《读〈山海经〉十三首》写于义熙初年，诗的主旨是揭露和抨击桓玄以禅代之名行篡夺之实的罪行，其十首四句实寓复仇之意，出语"悲痛之深，可为流涕"（王应麟《困学纪闻》卷一八翁元圻案语）。其十一、十三首则将桓玄比作共工、崇鲧，警告他"肆威暴""违帝旨""为恶"是没有好下场的。可见诗人对其愤恨至极。这类诗可谓言及八荒之表，而情在方寸之间，虽托言往古，"语时事则指而可想"（萧统《陶渊明集序》）。它们爱憎分明，反映出诗人"金刚怒目"的一面。其实，陶渊明作为隐士，他是"遥遥沮溺心，千哉乃相关"；而作为勇士，他的抗争之心乃是和千载以前的猛士、英雄相通的。故此类诗作，风格近于豪放。如朱熹所说："陶渊明诗，人皆说是平淡，据某看他自豪放，但豪放得来不觉耳。其露出本相者，是《咏荆轲》一篇，平淡的人如何说得这样言语出来。"（《朱子语类》卷一百四十）亦如陈祚明所言："朱子仅谓《咏荆轲》一篇露本旨。自今观之，《饮酒二十首》《拟古九首》《咏贫士七首》《读〈山海经〉十三首》何非此旨，但稍隐耳。"（《采菽堂古诗选》卷十三）朱、陈所说，实已道出陶渊明所有意在刺世寄愤的咏史诗的艺术特点。

二、陶渊明的辞赋

陶渊明今存辞赋有三，即《感士不遇赋》《闲情赋》和《归去来兮辞》。三文皆以抒情为主，铺陈形容，激情奔涌，文辞美妙。行文则篇篇有序，且三序都说到辞赋之作的由来、意趣所在，而语词简明、朴质。

《感士不遇赋》，在继承董仲舒的《士不遇赋》、司马迁的《悲士不遇赋》艺术传统的基础上自有创造。它是作者三次出仕之后，冷静思量现实境遇，将对人生方式做出新的抉择时的产物。除写到当今之士不遇于世的种种情状外，还提出用归隐不仕作为解决这一人生难题的良策，因而赋中固然说士不遇者多，却多是泛论古人古事；虽然出语感慨嘘啼，伤感气氛很浓，但并不乏理性判断。既谓"密网裁而鱼骇，宏罗制而鸟惊。彼达人之善觉，乃逃禄而归耕"，又说"宁固穷以济意，不委曲而累己。既轩冕之非荣，岂縕袍之为耻。诚谬会以取拙，且欣然而归止。拥孤襟以毕岁，谢良价于朝市"。可见，此赋实际上写的是作者对士人不遇于世当如何处世问题的思考，而不是仅仅借写"士不遇"发发牢骚。既是抒怀言志，故赋中有叙有议，多用慨叹语气为之。

前人对陶赋看法最不一致的，是《闲情赋》。萧统说："白璧微瑕，惟在《闲情》一赋，扬雄所谓'劝百而讽一'者乎？卒无讽谏，何足摇其笔端？惜哉，无是可也。"（《陶渊明集序》）苏轼则说："幽美《闲情赋》，正所谓国风好色而不淫，正使不及《周南》，与屈、宋之陈何异？而统乃讥之，此乃小儿强作解事者。"（《东坡题跋》卷二）大抵陶氏作赋的动机及其构思特点，如《闲情赋序》所云，乃"检逸辞而宗澹泊，始则荡以思虑，而终归闲正。将以抑流宕之邪心，谅有助于讽谏"。"闲情"之"闲"当训为"正"，赋名含义与张衡的《定情赋》、蔡邕的《静情赋》、应玚的《正情赋》题义相近。作者写作动机是要使爱恋女子之情复归于正，但艺术效果却反于是。所谓"旨欲讽而效反劝耳，流宕之词，穷志极妍；淡泊之宗，形绌气短，诤谏不敌摇惑。以此检逸归正，如朽索之驭六马，弥年疾而销以一丸也"（钱钟书《管锥编》第四册第一四五则）。之所以如此，是因为赋中"荡以思虑"，所写爱恋女子的情思和思而不得的痛苦极为充分，而且语语含情，说得真切动人。末四句虽有"终归闲正"之意，但谓"坦万虑以存诚，憩遥情于八遐"，对自己大胆、充分的爱情表白并无自谴之意。终使此赋成了"情爱之自赞，文士之恋歌"。

《闲情赋》抒情味浓，不亚于诗，但赋的语言风格却与陶诗用语的平淡、自然、不事雕饰大为不同。如赋中写爱恋女子的情思活动：

愿在衣而为领，承华首之余芳；悲罗襟之宵离，怨秋夜之未央。愿在裳而为带，束窈窕之纤身；嗟温凉之异气；或脱故而服新。愿在发而为泽，刷玄鬓于颓肩；悲佳人之屡沐，从白水而枯煎。愿在眉而为黛，随瞻视以闲扬；悲脂粉之尚鲜，或取毁于华妆。愿在莞而为席，安弱体于三秋；悲文茵之代御，方经年而见求。愿在丝而为履，附素足以周旋；悲行止之有节，空委弃于床前。愿在昼而为影，常依形而西东；悲高树之多荫，慨有时而不同。愿在夜而为烛，照玉容于两楹；悲扶桑之舒光，奄灭景而藏明。愿在竹而为扇，含凄飙于柔握；悲白露之晨零，顾襟袖以缅邈。愿在木而为桐，作膝上之鸣琴；悲乐极以哀来，终推我而辍音。

这十"愿"十"悲"把作者内心爱恋女子的情意写得淋漓尽致，言"悲（包括'嗟'）"自是为了强化"愿"的真诚、迫切。赋中反复用与女子生活相关的日常事物作比，以道难以明言之恋情，可谓巧譬妙喻，情溢于词。不但不同于其诗"文体省净，殆无长语"，也与其诗"质直""无文"有异。其赋文风如此，实与所写内容有关。而作者如此细言其爱，也许是他真有那么一段刻骨铭心的感情经历在起作用。

《归去来兮辞》，是作者（时年41岁）决心归隐、即将归隐时的作品。欧阳修认为"晋无文章，唯陶渊明《归去来》一篇而已"（苏轼《东坡题跋》卷一）。前人激赏此文，大抵着眼于三点。一是立意高远。《辞》写作者志在归隐的人生意趣，处处流露出大悟人生的快感（如谓"实迷途其未远，觉今是而昨非"等）。其胸怀之淡远、境界之高尚，实非时人所能及。

二是诗化隐逸生活。由于作者将归隐作为人生最佳选择，故《辞》中写到隐居生活便极富诗意美。如云：

引壶觞以自酌，眄庭柯以怡颜。倚南窗以寄傲，审容膝之易安。园日涉以成趣，门虽设而常关。策扶老以流憩，时矫首而遐观。云无心以出岫，鸟倦飞而知还。景翳翳以将入，抚孤松而盘桓。……悦亲戚之情话，乐琴书以消忧。农人告余以春及，将有事于西畴。或命巾车，或棹孤舟。既窈窕以寻壑，亦崎岖而经丘。木欣欣以向荣，泉涓涓而始流。善万物之得时，感吾生之行休。

作者以想象之词写隐居之乐，虽也带出一些"世与我而相违，复驾言兮何求"一类的感慨，终以叙写田园生活之类为主。故黄本骥说"《归去来兮辞》直是曾点沂水春风一段注脚"（《痴学》卷五）。

三是风格的轻快、自然，用语的真率、生动。《辞》中用语，不单"沛然如肺腑中流出，殊不见有斧凿痕"（李公焕《笺注陶渊明集》引李格非语），而且笔调轻快，说得真切有味。如"舟遥遥以轻飏，风飘飘而吹衣。问征夫以前路，恨晨光之熹微。乃瞻衡宇，载欣载奔"数句，把作者挣脱羁绊获得自由的喜悦神态写得何等生动、形象，真像出笼的鸟儿在奔向故林。总之，《归去来兮辞》美在立意、美在境界、美在风格、美在语言，四美兼具，自被前人视为佳作。

三、陶渊明的散文

陶渊明的散文可分为说明文、记叙文和抒情文三类，其艺术精神则有以儒学为本者与以道家思想或玄学为本者两种。说明文主要是诗序、赋序、辞序一类文字，其特点前已论及，此处仅言其记叙文、抒情文之特点。

（一）记叙散文

渊明的记叙文，只有《桃花源记》和两篇传记。《桃花源记》，附诗一首。诗说桃源社会制度较详，记说桃源发现经过和桃源社会现象较多。两者思想一致，各自可以独立。

《桃花源记》为寓意之文，亦为纪实之文。

文中描绘出一个没有君主、没有剥削、真风浩荡、不用智巧的世界。在这个世界中，人与人之间和睦相处，过着自给自足、安宁、祥和、怡然自乐的生活。桃源世界，实是作者对他崇尚自然的社会政治理想的形象描绘。渊明的社会政治理想，显然与老子的小国寡民思想、阮籍和鲍敬言的无君论，以及嵇康君王无为而治的思想是相通的。他笔下的桃源世界，与鲍氏在《无君论》中对"曩古之世"的描绘最为相像。就其具有"越名教而任自然"的人生取向而言，亦与阮籍、嵇康美化、向往"无君""无臣""无为而治"的社会意义相同。

  至于《桃花源记》的写实性，一则表现在文章概括了汉末以迄东晋广大人民迫于兵祸逃入深山谋生和有能力者纠合宗族乡党，屯聚堡坞，据险自守，而成为独立社会群落的事实。二则表现在它所描绘的世外桃源，是以作者的田园生活为原型的。作者写出世外桃源的安宁、美好，对现实社会的混乱、昏暗，自是一种否定。

  此外，就取材、风格和表现形式而言，《桃花源记》似乎还受到过当时兴起的"洞穴小说"的影响。故后人干脆视其为浪漫小说，并由此而将六朝一批志怪小说都说成是渊明的作品。

  作为优秀的记叙散文，《桃花源记》的艺术特色十分突出。

  一是叙事有序，不枝不蔓。平中有奇，说得有味。之所以有味，与所记渔人经历富有传奇色彩有关，也与叙事能不断写出新奇境界有关。渔人缘溪行忽逢一片桃林，即已为奇。而林尽水源，便得一山，山有小口，仿佛有光，又一奇。渔人入洞所见、所遇、所闻，更是大奇、特奇。渔人归来，再寻洞口不得，亦为一奇。就是文末写现实中人刘子骥"欣然规往，未果"，虽属以真证幻，也内含奇趣，能使人对世外桃源的存在和桃源境界的新异更添一份遥想、回味的情致。纵然奇境迭出，但作者却说得平淡、不动声色。不夸张，不渲染，平实得很。正因平中有奇，故作者说得有味，能引人入胜。

  二是描叙简明生动，似不经意而为，却带出无限诗情画意。如前写溪上桃林、桃源田畴，即显出亮丽、明媚的自然美，中言桃源世风及桃源中人来历，便写出了桃源世代相传的人情美、风俗美，给人以历史的厚重感。《记》中无论写景、叙事，都作写意性的描述。即以形象语词概言景物之美（经过作者审美体验的美），而不作一枝一叶的精雕细刻；以陈述句略道其事（能寄意于其中之事），而不做过多的细节描写。这种重在突出作者生活感受的描叙方法，和渊明在诗中抒怀，惯于以意象写景、纳事于慨叹中的做法是相通的。

  三是用语清净，句式疏散。《桃花源记》的语言浅平、简练，一如陶诗用语的平淡、省净。记中叙事，用语避深、避难，不求高华，不用藻饰，只是对口语略加提炼而已。但其用语又异常简练，而有浅净之美。其浅净，不是潘岳之文那样以"清绮"为特色的"浅而净"，而主要表现在用语多为平淡语、朴质语、率直语、不动声色语。这种语言艺术表现力极强，不仅"切于事情"，还能传出事外远致。如记中"夹岸数百步中无杂树，芳草鲜美，落英缤纷"数句，就"写出异境"。"此中人语云：不足为外人道也"，即"叮咛一句，逸韵悠然"（二吴《古文观止》评语）。

  由于出语平淡、自然，故其句式疏散。不但记中无一偶句，而且句子长短变化很大。有以二言为句者，有以二十余言为句者。其中二言为句者四，三言为句者十二，穿插于长句（四言以上为句者）之间。句子参差错落，无疑会促成文气的疏荡。

  《桃花源记》是一记叙散文，但又像一首诗。所记世外桃源，就像诗中一大意象。作者只是用淡泊心情、平常语气、质朴言词，说出它的发现经过，却能寄愤世嫉俗之怀于笔墨之外。和诗一样，风格平淡、自然，又有质而为绮、疏而能隽和貌似平淡而内实丰腴的特点。

  渊明另两篇记叙文，虽同为传记，风格却大不同。前者为死者（作者的外公孟嘉）立传，以备他日入史之用，故记事多，叙事详，篇幅较长。后者自为小传，为抒怀之作，重在表达意趣，故叙事简略，篇幅很短。

两篇传记文风的不同，说明渊明受到过两种散文艺术传统的影响。

《孟府君传》，学的是汉代以来史传文的写法，继承的是儒家散文的艺术传统。叙事详赡，意尽于辞；和雅从容，出语朴淡。传中虽详记孟嘉的仕宦履历和后人赞其"本是三司中人"，但作者主要是把他作为"温、雅、平、旷"的名士来写的。故传中所记之事，颇能再现孟嘉的名士风度和尚玄的意趣。另外，渊明赞颂孟嘉，也以其"振缨公朝""德音允集"及为人"孝友"为美，见得他品评人物的审美观念，也是儒、玄兼取。文风亦复如是。不少段落简淡、隽永，如同《世说新语》，但总的风貌却是叙议过多，详赡而近于繁杂。而这不能不算是他在继承儒家传记散文艺术传统时所出现的毛病。

完全用道家或玄学家的审美标准品评人生，在艺术上无所依傍而独具一格的传记，是《五柳先生传》。此为托传，用的是第三人称的写法。传云：

先生不知何许人也，亦不详其姓字。宅边有五柳树，因以为号焉。

闲静少言，不慕荣利。好读书，不求甚解；每有会意，便欣然忘食。性嗜酒，家贫不能常得。亲旧知其如此，或置酒而招之。造饮辄尽，期在必醉，既醉而退，曾不吝情去留。环堵萧然，不蔽风日，短褐穿结，箪瓢屡空，晏如也。常著文章自娱，颇示己志。忘怀得失，以此自终。

赞曰：黔娄之妻有言："不戚戚于贫贱，不汲汲于富贵。"其言兹若人之俦乎？衔觞赋诗，以乐其志，无怀氏之民欤？葛天氏之民欤？

此传亦为渊明"颇示己志"之作。他是借为五柳先生立传，表述自己的人生志趣。所谓"颖脱不群，任真自得，尝著《五柳先生传》以自况，时人谓之实录"（萧统《陶渊明传》）。他赞美五柳先生的"忘怀得失，以此自终"，正是对自己越名教而任自然的人生取向的肯定；他称颂五柳先生为"无怀氏之民""葛天氏之民"，正反映出他因自己能达到与自然合一的人生境界而产生的自得心情。总之，他是用他现实的人生取向作为审美标准，创造了一个用以"自况"的"五柳先生"。既是托传主以"示己志"，当然就可称心而言，用种种手法写出传主的人生意趣、境界，写得和作者的为人越像越好。

传的结构形式一如史传，既用正文传写其事，又用赞词评议其人。但叙事方法与一般史传不同。一般史传，正文往往记述传主生前重要事迹，且言之较详，极少议论。此传却仅记其平凡琐事（称号来历及其读书、饮酒、居所、穿着、饮食、作文事），且是概叙其事与概论其人相结合。叙一事，必点出传主经历其事的心态、情趣、精神境界等。而用语精省，一百多字就描画出一位不慕荣利、任真自得的高士形象。又小传行文流畅，虽以简约语叙议众事，却语气连贯，无承接痕迹。词淡句散，多用"不"字造句以叙事达意。传中用"不"字九处之多，钱钟书先生从分析思想含义入手，认为"'不'字为一篇眼目"。从艺术效果看，"不"字的反复出现，则使得行文节奏轻快、挥洒自如，既说得有趣、有味，又有一种飘逸美。

（二）抒情散文

渊明的抒情散文，有疏作一篇、祭文三篇。

祭文中，《祭程氏妹文》《祭从弟敬远文》，皆为祭奠亲人之辞。辞用韵语，而行文流畅。两文皆用忆念往事、叙说死者遗属凄惨的方法，表达哀叹之情。其中不乏对死者美德的称道和对其早逝的惋惜。作者在哀叹中叙事，又由叙事引出哀叹。叙事时偶尔描叙当时景色，见得往事历历，无比真切，更衬托出作者哀痛隐隐，无比深切。

祭文中，写法有些特别的，是《自祭文》。此文作于刘宋元嘉四年（公元427年）九月，十一月，渊明去世，故此文可以说是渊明的绝命辞。

作者在祭文中回顾人生经历，对安贫乐道、委运顺化的人生方式表示无怨无悔。他面对死亡所表现出的冷静、达观态度，正是对他早年说的"纵浪大化中，不喜亦不惧。应尽便须尽，无复独多虑"这一人生理则的回应。

文中除说到作者一生人生取向异于常人，"余今斯化，可以无恨"外，还用较多文字叙说"自余为人，逢运之贫""乐天委分，以至百年"的人生历程，而在最后发出"人生实难，死如之何"的长叹。可见渊明对他人生的艰难，还是感慨良深的。

至于祭文写法，则如钱钟书所说："《归去来兮辞》写生归田园，《自祭文》写死归黄土陌，机抒仿佛。'永归于本宅'与'田园将芜胡不归'，均先事而预拟届时耳。"具体说来，文中以设想之词，写渊明亡故后亲友祭奠、送葬的情形，与其《拟挽歌辞》三首构思、描述手法一样。只是诗中达观语多，祭文中隐含悲慨。至于用语浅近、朴质（虽以四言为句，尽为韵语，但语意明白，语气转折自如，不亚于散句），较之前两篇祭文，还要突出。要之，前两篇祭妹、祭弟，囿于名教，笔调沉重；此篇自祭，依顺自然，出语更为随意。

《与子俨等疏》，是渊明"自恐大分将有限"时写的。作者时年五十一岁（依逯钦立说）。故此疏既为诫子书，又像遗嘱。

此疏写得既庄重，又亲切，语语皆从胸中流出，而文法严密。纵然渊明在疏中说到自己委运顺化的人生态度，说到自己依顺自然而自得其乐的人生体验，但疏作却具有不违名教的艺术精神。此疏不但具有儒家艺术精神，而且继承了东汉新儒家散文中同类作品的艺术传统。其写法，明显受到过郑玄的《戒子益恩书》、张奂的《诫兄子书》、马援的《诫兄子严敦书》等文的影响。

从上面的介绍可以看出，陶渊明在六朝能做到"文章不群""独超众类"（萧统语），首先是因为他有异乎时人、高于时人的人生取向、人格追求、审美理想，并能将其见诸生活实践。其次，是他能在散文中真实、自然、生动、有味地表现出他性情的真淳、志趣的高迈、胸次的旷达。不但文如其人，而且文中有其人。

渊明散文的艺术风格，总的特点是朴淡、浅净、自然、爽朗、隽永。受他两种人生取向、两种审美趣味的影响，渊明的散文可以分为两类。一类具有以儒家思想为本的艺术精神和叙事、说理详赡、细致、平实、和缓的艺术风貌。一类具有以道家思想、玄学理论为本的艺术精神和简约、平淡、萧散、闲远的艺术风貌。而以后一类散文在艺术上最具独创性。

它们以写意为主,重在表达一种感受、一种意趣,追求的是一种境界美。叙事并不细道情节,说理并不细加辨析,抒怀并不大动声色,若未经意,信口而言,却意味无穷。造句虽好以四言为句,但长短搭配得好,能做到句随意变,故句式疏散,句法灵活。用语则朴质、平淡、忌深、忌难,力戒繁缛,不用藻饰(颜延之《陶征士诔》)。渊明此类散文的平淡、自然和句式的疏散,较之羲之同类散文还要略胜一筹。南朝散文能得其仿佛者,唯《世说新语》一书而已。

陶渊明是中古时期伟大的诗人和特色显著的散文家。由于其诗文风格和当时的华靡文风大相径庭,故不为时人所重。刘勰论晋、宋诗、文,就绝不言陶诗、陶文。钟嵘品诗,虽称其为"古今隐逸诗人之宗"(《诗品》卷中),却将他仅列为中品,萧统编《文选》也只选了他八首诗和一篇《归去来兮辞》。盛唐以后,推崇陶潜为人及其诗、文的作家就日渐多起来了。唐代的田园诗人大多是学陶的。沈德潜说:"陶诗胸次浩然,其有一段渊深朴茂不可到处。唐人祖述者,王右丞(维)有其清腴,孟山人(浩然)有其闲远,储太祝(光羲)有其朴实,韦左司(应物)有其冲和,柳仪曹(宗元)有其峻洁,皆学焉而得其性之所近。"(《说诗晬语》)古代学陶诗者,以江淹、白居易、苏轼最为著名。借陶诗寄托自己的闲适感情或愤然之慨的几乎历代都有,著名的像苏轼、辛弃疾、陆游,以及清末的龚自珍、谭嗣同等。陶渊明在诗歌史上的地位和影响,只有李白、杜甫等几位诗人可以和他比肩。至于对陶文的传播、接受,也是入唐以后才逐渐形成高潮。大抵唐以后乐于接受陶文艺术精神、艺术风格者,多为思想活跃、为文少有格套的作者,如初唐王绩、中唐白居易、北宋苏轼以及明代袁宏道等。

第五章 南北朝文学发展研究

第一节 南朝文学

一、山水诗的兴起和谢灵运的诗歌

从西晋末年直到整个东晋时期,在诗坛占统治地位的是玄言诗。玄言诗讥言世务,侈谈玄理,"嗤笑徇务之志,崇盛亡机之谈"(《文心雕龙·明诗》),而言词质木无文,缺乏形象,没有意境,"平典似《道德论》"(《诗品序》)。到了宋初,这种情形有了改变,玄言诗逐渐为山水诗所取代,如刘勰所说:"宋初文咏,体有因革,庄老告退,而山水方滋。"(《文心雕龙·明诗》)山水诗在这个时期出现并非偶然。

首先,魏、晋以来,隐逸成风,名士们对自然山水的审美价值的认识逐渐加深,这种认识也影响到当时并非隐士的诗人们的创作,于是山水景物成了诗人们歌咏的对象。嵇康的《赠兄秀才入军诗》,张华的《答何劭》《拟古》《荷诗》,张协的《杂诗》,陆机的《赴洛道中作》,左思的《招隐诗》,其中都有清美的山光水色。可以说,宋代山水诗的出现也是前期诗人描写自然景物的文学现象的继续和发展。

其次,它的出现与玄言诗的蜕变有关。崇尚自然,是玄学的重要内容。早期的玄言诗近乎偈语,后来,随着玄学家们和大自然的接触增多,他们便在诗中借助山水来鼓吹玄理。这样玄言诗中便逐渐出现了山水形象。如孙绰,他是东晋著名的玄言诗人。其《秋日》虽有玄言,却有描写山间秋景的句子:

疏林积凉风,虚岫结凝霄。
湛露洒庭林,密叶辞荣条。

随着山水成分增多,玄言诗逐渐发生质的变化,与山水诗的距离越来越近。东晋末年谢混的诗就是一个标志。其《游西池》以记游形式写出西池一片明丽景色,色泽虽淡,而形象鲜明,境界清雅,和玄言诗迥然有别。故前人称他"大变太元(376—396)之气"(《宋书·谢灵运传论》)。

最后,东晋偏安江南,士大夫们物质生活优裕,有条件游览名山胜水,领略大自然的美,这也是促进山水诗发展的一个因素。此外,五言诗创作经验的积累,同时期散文、辞赋、绘画对自然山水的描摹,都对山水诗的发展产生了积极影响。在刘宋初年,山水诗写得最多、成就最为突出的,是谢混的侄子谢灵运。

谢灵运(385—433),小名客儿,陈郡阳夏(今河南太康县)人,他是东晋车骑将军谢玄的孙子,十八岁袭封康乐公。刘裕建宋,抑制前朝世家大族,谢灵运被降为康乐侯。灵运通史学,熟谙佛理,穷览群籍,自负有才,宜参权要,却没有得到朝廷重用,因而胸怀郁愤。他在做永嘉太守、秘书监、侍中、临川内史时,经常遨游山水,"寻山陟岭,必造幽峻,岩嶂千重,莫不备尽登蹑"(《宋书·谢灵运传》),以至旬日不归,不以职守为念。有一次,他为了观赏山景,率众数百人从始宁南山伐木开路直达临海,以致临海太守惊骇不已,以为来了山贼。在会稽游山观水,也是徒众甚多,惊动县邑。谢灵运肆意游览山水实是借此抒发他心中的郁愤,发泄他对当局的不满。他曾吟诗云:"韩亡子房奋,秦帝鲁连耻。"(《宋书·谢灵运传》引)可见他对刘宋代晋怨恨很深。元嘉十年获罪,被杀于广州。谢灵运恣游山水虽别有寄托,但这种生活经历却使他对山水的自然美有了充分的认识。因而他的山水诗使人耳目一新,"每有一诗至都邑,贵贱莫不竞写,宿昔之间,士庶皆遍,远近钦慕,名动京师"(《宋书·谢灵运传》)。

谢灵运的诗能再现山水的自然美,像下面一些诗句:

近涧涓密石,远山映疏木。
空翠难强名,渔钓易为曲。

——《过白岸亭》

时竟夕澄霁,云归日西驰。
密林含馀清,远峰隐半规。

——《游南亭》

乱流趋正绝,孤屿媚中川。
云日相辉映,空水共澄鲜。

——《登江中孤屿》

石浅水潺湲,日落山照曜。
荒林纷沃若,哀禽相叫啸。

——《七里濑》

猿鸣诚知曙,谷幽光未显。
岩下云方合,花上露犹泫。
苹萍泛沉深,菰蒲冒清浅。

——《从斤竹涧越岭溪行》

诗人对自然景象观察细致,所写景物使人有清新之感。故鲍照称"谢五言如初发芙蓉,自然可爱"(《南史·颜延之传》)。但谢诗也有它的毛病,诗人往往能抓住自然山水景物的外部特征,并做出精到描绘,以求形似之美,却不能像陶渊明那样融情于景,创造出完美的艺术境界,因此他的诗多佳句而少佳篇。谢诗中固然有"野旷沙岸净,天高秋月明"(《初去郡》)这样平淡的句子,但有许多诗句(包括一些名句)显现出雕琢痕迹。如"春晚绿野秀,岩高白云屯"(《入彭蠡湖口》),写水乡野外的明媚春光,色彩协调,画面宁静而内含生机。"白云抱幽石,绿筱媚清涟"(《过始宁墅》),写云拥石头、竹生水边,也是极生动的一幅图画。但这些句子遣字用词刻意求对、求新、求巧的痕迹却是明显的。刘勰说"俪采百字之偶,争价一句之奇;情必极貌以写物,辞必穷力而追新"(《文心雕龙·明诗》),虽指一代诗风而言,在宋初,谢灵运却是这种诗风的代表人物。

其诗文词富艳,精工典丽,讲究对偶,惯于用典,长于形容,虽然体物技巧高超,却缺少理想的光辉。如其代表作《登池上楼》云:

潜虬媚幽姿,飞鸿响远音。
薄霄愧云浮,栖川怍渊沉。
进德智所拙,退耕力不任。
徇禄反穷海,卧疴对空林。
衾枕昧节候,褰开暂窥临。
倾耳聆波澜,举目眺岖嵚。
初景革绪风,新阳改故阴。
池塘生春草,园柳变鸣禽。
祁祁伤豳歌,萋萋感楚吟。
索居易永久,离群难处心。
持操岂独古,无闷徵在今。

宋少帝时,谢灵运因为诽毁朝政,被排挤出京,担任永嘉太守,这是他在永嘉病后所写的感物抒怀之作。诗写他进退两难的矛盾心情,也描绘了大好春光,正如白居易所说,此诗"岂惟玩景物,亦欲摅心素"(《读谢灵运诗》)。其中"池塘生春草"向称名句,元好问说是"池塘春草谢家春,万古千秋五字新"(《论诗绝句》)。前人评说"此语之工,正在无所用意,猝然与景相遇,借以成章,故非常情所能到"(叶少蕴《石林诗话》)。诗中虽有如此自然平淡的佳句,但仍具备用典、谈玄的特点。他的《石壁精舍还湖中作》云:"昏旦变气候,山水含清晖。清晖能娱人,游子憺忘归。出谷日尚早,入舟阳已微。林壑敛暝色,云霞收夕霏。芰荷迭映蔚,蒲稗相因依。披拂趋南径,愉悦偃东扉。虑澹物自轻,意惬理无违。寄言摄生客,试用此道推。"诗写湖光山色,借自己的行动感受表现出来,虽十分自然,但诗末拖上一条谈玄的尾巴却令人生厌。又如《于南山往北山经湖中瞻眺》云:

朝旦发阳崖,景落憩阴峰。
舍舟眺迥渚,停策倚茂松。
侧径既窈窕,环洲亦玲珑。
俯视乔木杪,仰聆大壑淙。
石横水分流,林密蹊绝踪。

解作竟何感，升长皆丰容。
初篁苞绿箨，新蒲含紫茸。
海鸥戏春岸，天鸡弄和风。
抚化心无厌，览物眷弥重。
不惜去人远，但恨莫与同。
孤游非情叹，赏废理谁通。

诗记游踪，山水景象随游行踪迹次第出现，而即物之感亦不时涌出。不单"模写行役，历历如画"（安磐《颐山诗话》），而且托情于景，令人生想。应该承认，谢灵运的山水诗，多数都是托写山水以抒写怀抱，不是为写山水而写山水，也不是概言山水以推阐玄理。如黄子云所说："康乐于汉、魏外，别开蹊径，抒情缀景，畅达理旨。三者兼长，洵堪睥睨一世。"当然，谢诗写景也有公式化的毛病，上写山，下写水；先写所闻，后写所见，这都是诗意不丰而苦求形似的结果。谢灵运也有情景交融的好诗。其《岁暮》云："殷忧不能寐，苦此夜难颓。明月照积雪，朔风劲且哀。运往无淹物，年逝觉已催。"雪、月冷光交融，呈现一片异彩，北风凛冽使人生哀，都和诗中所表达的忧戚之感一致。

除山水诗外，谢灵运还写有不少乐府诗与赠答诗（四言诗）。又有《拟魏太子邺中集诗》八首，实借拟古作论，带有咏史性质。所作诗序，如说王粲"家本秦川，贵公子孙，遭乱流寓，自伤情多"，说陈琳"袁本初书记之士，故述丧乱事多"，说刘桢"卓荦偏人，而文最有气，所得颇经奇"，说曹植"公子不及世事，但美邀游，然颇有忧生之嗟"等，俱联系人生经历、特性论其诗作特点。所作诗亦与小序意同。此种写法，在晋、宋拟古诗中也独具一格。当然，谢灵运对古代诗歌发展的突出贡献仍在于把山水景物大量引进诗中，扩大了诗歌的表现领域，加速了玄言诗的消退，同时使得五言诗体格一变，声色大开。

和谢灵运同时而且诗风与之相近的有颜延之（384—456）。宋时"议者以延之、灵运自潘岳、陆机之后，文士莫及，江右称'潘、陆'，江左称'颜、谢'"（《南史·颜延之传》）。又与谢灵运、鲍照合称"元嘉三大家"。延之字延年，少孤贫，好学。为人不拘小节，尤爱饮酒。议论政事往往慷慨激昂，曾说："天下之务当与天下共之，岂一人之智所能独了！"后因触犯权贵出为永嘉太守，作《五君咏》以寄怨愤。延之今存诗无咏山水者，而多应诏之作。所作诗好雕琢词句，爱用古事，其诗华藻繁缛而乏新意，鲍照称其"若铺锦列绣，亦雕绘满眼"（《南史·颜延之传》）。

二、鲍照的乐府诗及其他诗作

鲍照（414？—466），字明远，祖籍东海（今山东郯城）。鲍照出身于寒门庶族，自称"孤门贱生"（《解褐谢侍郎表》），"田茅下第，质非谢品（王、谢、袁、萧为晋、宋时期的四大士族）"（《谢永安令解禁止启》），"负锸下农"（《谢秣陵令表》），"废耕学文"（《侍郎满辞阁》）。他少有文思，史载："照始尝谒（临川王）义庆，未见知。欲贡诗言志，人止之曰：

'郎位尚卑,不可轻忤大王。'照勃然曰:'千载上有英才异士,沈没而不闻者,安可数哉!大丈夫岂可遂蕴智能,使兰艾不辨,终日碌碌与燕雀相随乎?'于是奏诗。义庆奇之,赐帛二十匹。寻擢为国侍郎。"(《南史·鲍照传》)后又任始兴王刘濬的国侍郎。时宋文帝刘义隆好文章,自谓人莫能及,鲍照便故意作些鄙言累句的文章来全身避祸。孝建元年(454年)任海虞令,次年一度担任太学博士兼中书舍人,旋即转永嘉令。大明六年(462年),临海王刘子顼为荆州刺史,鲍照为其前军参军,掌书记之任。泰始二年(466年),江州刺史晋安王刘子勋称帝,刘子顼响应,事败,宋明帝处死刘子顼,鲍照亦为荆州乱兵所杀。

鲍照是刘宋时代的杰出诗人,今存诗二百余首。其中乐府诗成就最高,史称鲍照"文甚遒丽",即就其古乐府而言。所作乐府多用拟代形式,实际上是用乐府形式抒发他的现实人生感受。拟、代的乐府多为《相和歌辞》《杂曲歌辞》《杂谣歌辞》以及《清商曲辞》中的《吴声歌》《西曲歌》等抒情性强的歌辞。其中写得最多、情感最为激越的,是那些表现怀才不遇的愤懑情绪的诗。鲍照"才秀人微"(钟嵘语),他生活在门阀世族把持仕途的时代,虽然其"家世贫贱",不能与一般农民,甚至不能与一般中小地主相比,但和江东百家大族(晋室南渡由中原迁往江东的)相比,他是"穷贱"的。他有才可以取得功名,却遭到门阀世族的压抑,才略不得施展,因而胸中积满了愤怒的火焰。《拟行路难十八首》其六云:

对案不能食,拔剑击柱长叹息。

丈夫生世会几时,安能蹀躞垂羽翼!

弃置罢官去,还家自休息。

朝出与亲辞,暮还在亲侧。

弄儿床前戏,看妇机中织。

自古圣贤尽贫贱,何况我辈孤且直!

首二句通过几个动作描画出一个愤怒不可阻遏却又无可奈何的人物形象,次二句点出引起诗人痛苦的原因。下六句极写弃官归家的天伦之乐,衬托出他的处境令人窒息和心中悲愤深沉。末二句看似自我宽解,实是直言对现实的不满,正因"我辈孤且直",才落得如此"贫贱"。诗虽然是写鲍照个人的不平,却有很强的典型性,它是寒门知识分子对门阀制度的一种抗议。

鲍照有些表现怀才不遇的诗,情调显得凄恻悲凉,如《拟行路难十八首》其四:

泻水置平地,各自东西南北流。

人生亦有命,安能行叹复坐愁!

酌酒以自宽,举杯断绝歌路难。

心非木石岂无感,吞声踯躅不敢言。

诗以"泻水置平地"为比,说人的出身贵贱和他一生的命运全由天定,"行叹""坐愁"亦无济于事。但他毕竟有愁,于是借饮酒唱歌来"消愁",诗中说当他举杯唱罢《行路难》的歌曲后,心中哪能没有感慨呢,只不过不敢明说罢了。这番自白,深婉曲折地道出了诗人的失意之苦。门阀制度对人才的摧折压抑太厉害了，他无法改变现实，只好怨命，但一想到自己的实际处境，又禁不住五内俱热。诗写作者欲忍不能的压抑之感，和直抒其愤具有同样的感人力量。

抒写怀才不遇的苦闷，表现对门阀制度的不满，在这方面，鲍照很像晋代的左思。不过在对世族的蔑视和与他们决裂方面，鲍照不如左思显得气概豪迈。他也说过"才之多少不如势之多少远矣"（《瓜步山揭文》）的话，但他对待这种现实的办法多是悲叹，归于天命，借饮酒来消闷，所谓"诸君莫叹贫，富贵不由人……对酒叙长篇，穷途运命委皇天。但愿樽中九酝满，莫惜床头百个钱"（《拟行路难十八首》其十八）。有时他也希望见用于权门，如孤桐一样"幸愿见雕斫，为君堂上琴"（《山行见孤桐》），可现实处境却往往事与愿违。

鲍照的拟、代之作有不少以边塞生活为题材的诗，表现了他的报国热情和雄心壮志。这类诗产生的原因有三个：一是诗人一生饱受门阀制度压抑之苦，他希望通过建立军功来改变寒门庶族的地位；二是北朝沦为异族统治多年，他作为南渡的寒门庶族，有要求北伐、收复中原的愿望；三是文帝屡次对北魏用兵不利以及拓跋焘南侵刘宋直抵长江北岸的现实给他提供了写作素材。

《代出自蓟北门行》写壮士的报国壮志、忠良精神，衬之以形势的紧迫、边地气候的险恶，更显得慷慨激昂。篇末四句是对壮士的颂扬，也是诗人内心世界的自白，表达了他为国建功的强烈愿望。诗云：

羽檄起边亭，烽火入咸阳。
征师屯广武，分兵救朔方。
严秋筋竿劲，虏阵精且强。
天子按剑怒，使者遥相望。
雁行缘石径，鱼贯度飞梁。
箫鼓流汉思，旌甲被胡霜。
疾风冲塞起，沙砾自飘扬。
马毛缩如猬，角弓不可张。
时危见臣节，世乱识忠良。
投躯报明主，身死为国殇。

诗中"雁行缘石径，鱼贯度飞梁。箫鼓流汉思，旌甲被胡霜"写大军行军之状、将士心中情思，十分凝练、形象。而"疾风冲塞起"四句，说边塞景况如在眼前，而语词峻健，情又豪壮。

鲍照的边塞诗也写到了连年征战给士兵和他们的家属带来的痛苦。《拟行路难十八首》十四说：

君不见少壮从军去，白首流离不得还。
故乡窅窅日夜隔，音尘断绝阻河关。
朔风萧条白云飞，胡笳哀急边气寒，

听此愁人兮奈何，登山远望得留颜。

将死胡马迹，宁见妻子难。

男儿生世撼轲欲何道？绵忧摧抑起长叹。

诗从军士入手，写他对家乡亲人的思念，气氛愁惨。又如《代苦热行》前十六句极写将士征战之苦，再入议论，为将士们尽节征伐却得不到朝廷公正的赏赐而鸣不平。而《代东武吟》写一老兵早年备受塞外征役之苦，暮年又受尽穷老还乡之苦，心中还有恋主之情，希望对方不要遗弃自己，言词极为沉痛。诗云：

主人且勿喧，贱子歌一言。

仆本寒乡士，出身蒙汉恩。

始随张校慰，召募到河源。

后逐李轻车，追虏出塞垣。

密途亘万里，宁岁犹七奔。

肌力尽鞍甲，心思历凉温。

将军既下世，部曲亦罕存。

时事一朝异，孤绩谁复论。

少壮辞家去，穷老还入门。

腰镰刈葵藿，倚杖牧鸡豚。

昔如鞲上鹰，今似槛中猿。

徒结千载恨，空负百年怨。

弃席思君幄，疲马恋君轩。

愿垂晋主惠，不愧田子魂。

诗以老兵自诉的形式，从始至终叙述他的身世经历和现实处境，将无限感慨寄寓叙事之中。诗中老兵以"弃席""疲马"自比，尚言"思君""恋君"，意绪悲凉。作者写朝廷对老兵的刻薄寡恩，显然和他自己怀才不遇的感慨有关。

除用五、七言乐府写边塞诗外，鲍照的《拟古》诗也写到边塞题材。如《拟古诗八首》其三（"幽并重骑射"），写幽并少年骑射之工和他们随时准备为国所用的豪迈气概，《拟古诗八首》其七（"河畔草未黄"），写思妇之苦，纡徐曲折，皆为佳作。鲍照的边塞诗在南朝诗坛独树一帜，它所选用的题材、所表现的思想感情以及所使用的表现方法，都对唐代边塞诗产生过较大的影响。鲍照的边塞诗，反映的是当时的现实，但他并未在诗中直接描写现实，而是采用拟古、写古事的方式曲折表现出来，因而在感染力的强度方面受到一定的限制。这一点也影响到后来的边塞诗。

除拟、代乐府外，鲍照还有《代陈思王白马篇》《代陆平原君子有所思行》《学刘公干体诗五首》《拟阮公夜中不能寐诗》《学陶彭泽体诗》，以及《拟青青陵上柏诗》《学古诗》《拟古诗八首》《绍古辞七首》等。此类诗作，多用类似原作的风格、艺术技巧和语言形式表现与原作相似的意绪，而情感、意绪完全出自诗人人生体验，绝非字比句拟、徒求形似而已。如《拟古诗八首》其六，本写自己的不遇之慨，却反映出农民的痛苦，即非单从字面"拟古"，抒发的是诗人的现实感受。诗云：

束薪幽篁里，刈黍寒涧阴。
朔风伤我肌，号鸟惊思心。
岁暮井赋讫，程课相追寻。
田租送函谷，兽藁输上林。
河渭冰未开，关陇雪正深。
笞击官有罚，呵辱吏见侵。
不谓乘轩意，伏枥还至今。

篇末二句为立意所在，写有志之士困于草野的痛苦，所谓"极贱隶之卑辱，以寄慨不得展志大用于世也"（方东树《昭昧詹言》卷六）。但前十二句写农民在寒冷的季节收获、交租、服役，还时常遭到官吏的苛责凌辱，却是极生动的。这类诗多少反映出诗人对农民生活的了解和同情。

鲍照抒怀表现方式很多，也有托写景物以传情者，故诗中有不少描写山水的妙句。如《过铜山掘黄精诗》中的"松色随野深，月露依草白"，《从登香炉峰》中的"青冥摇烟树，穹跨负天石"，《冬至诗》中的"长河结瓓玕，层冰如玉岸"，《望孤石诗》中的"江南多暖谷，杂树茂寒峰。朱华抱白雪，阳条熙朔风"等皆是。这些景句多取对偶形式，也很注意字词的琢炼。较之谢灵运的藻丽精工，终逊一筹。

鲍诗壮丽、豪放，杜甫称为"俊逸"。前人常用"险俗"概括鲍诗特点，所谓"险俗"，当如曹道衡、沈玉成所说："所谓'险'，从积极的意义上说，应当是指能用新奇的想象和独特的语汇创造别开生面的意境。""所谓'俗'，从内容方面看，就是指他大量地写作了征夫、思妇以及像他自己那样在仕途上极不得志的下层士人的思想感情和生活。"

鲍照是南朝的诗体革新者。他写过二十多首七言乐府，使七言古诗的创作臻于成熟。他用作五言古诗的方法写七言乐府，且变句句用韵为隔句协韵，因而七言乐府"别有奇响异趣"（钟惺《古诗归》卷十二）。同时他还写有许多杂言诗，还有纯粹的三言诗（《代春日行》）、五言古诗，这些都说明他在学习民歌和对诗体的改革方面做过多种探索。但总的来看，鲍照写得最好、最有特色的是七言乐府，可以《拟行路难十八首》为代表。它们从多方面反映了人生的艰难，真是抗音吐怀，淋漓慷慨。他的五言乐府叙事、写景、抒怀亦卓绝不凡，《拟古八首》和诸代乐府诗可为其代表作。它们对李白、杜甫、韩愈、白居易的诗风都有或多或少的影响。

三、江淹的拟古诗和其他诗作

江淹（444—505），字文通，祖籍济阳考城（今河南兰考）。少孤贫，年二十，为宋孝武帝子始安王刘子真讲五经，并为幕僚。子真被赐死，江淹即入建平王刘景素幕。因受郭彦文案入狱，出狱后曾任襄阳巴陵王刘休岩的右常侍，后复为刘景素幕僚。因多方劝阻刘景素谋反，被贬为建安吴兴令。宋顺帝开明元年（477年），骠骑大将军萧道成召江淹入建康。萧道成称帝后，江淹为豫章王萧嶷的记室，兼任史职，迁中书侍郎。齐武帝永明年间，官至骁骑将军兼尚书左丞，又兼御史中丞。齐明帝时，担任宣城太守、秘书监、卫尉卿等职。萧衍称帝后，江淹官至金紫光禄大夫，封醴陵伯。江淹身仕三朝，官越做越大，诗、文创作高潮却在政治上不得意的刘宋末期。后来位高权重，满足于享受现实人生，至谓"人生当适性为乐，安能精意苦力，求身后之名哉"（《自序传》）。故齐、梁之时，江淹文学创作成就远不如前，时人谓之"才尽"。

江淹创作诗歌的一大特点，是爱作拟古诗。今存其拟古诗，尚有组诗《杂体诗三十首》《效阮公诗十五首》，以及《学魏文帝诗》一首。其《杂体诗三十首》有序，云：

夫楚谣汉风，既非一骨；魏制晋造，固亦二体。譬犹蓝朱成彩，杂错之变无穷。宫角为音，靡曼之态不极。故蛾眉讵同貌而俱动于魄，芳草宁共气而皆悦于魂，不其然欤！至于世之诸贤，各滞所迷，莫不论甘而忌辛，好丹而非素，岂所谓通方广恕，好远兼爱者哉？乃及公干、仲宣之论，家有曲直；安仁、士衡之评，人立矫抗，况复疏于此者乎？又贵远贱近，人之常情；重耳轻目，俗之恒蔽。是以邯郸托曲于李奇，士季假论于嗣宗，此其效也。然五言之兴，谅非夐古，但关西邺下，既已罕同，河外江南，颇为异法。故玄黄经纬之辨，金碧浮沉之殊，仆以为亦各具美兼善而已。今作三十首诗，斆其文体，虽不足品藻渊流，庶亦无乖商榷云尔。

此序交代《杂体诗三十首》的由来，可看作江淹的一篇五言诗史论。他认为自汉至宋，在五言诗发展史上出现了众多风格不同的诗人，其诗风格有异却"具美兼善"，都有很高的审美价值。而他用心挑选古今名家名作"斆其文体"，一则借以展现自汉至宋五言诗诗风流变的概况，学习不同风格作品的创作艺术；二则用以抵制世人在接受古今五言诗过程中出现的"论甘而忌辛，好丹而非素"的风格取向和在选择接受对象时出现的"贵远贱近""重耳轻目"的倾向。从诗作可见，江淹对自汉至宋五言诗优秀作家的选择和对其诗风的把握，是极具诗史论者和诗美鉴赏者的眼光的。所选诗人多为各个时代的代表性人物，如建安时期有曹丕、曹植、王粲、刘桢，正始时期有嵇康、阮籍，东晋时期有郭璞、孙绰、许询、谢混等，晋宋以下有陶潜、谢灵运、颜延之、谢庄、鲍照、休上人等。所选作品亦为最能反映其诗题材、风格特征者，如选曹丕的《游宴》、阮籍的《咏怀》、潘岳的《述哀》、左思的《咏史》、郭璞的《游仙》、谢灵运的《游山》、鲍照的《戎行》，皆是。江淹拟古能做到神肖形似以至乱真，有两点值得注意：一是拟作之前对所拟作家其人其诗的艺术精神、情感世界，有过以生命印证生命一般的体验，对其风格成因知之甚深。二是学得各家诗作特有的情调，运用其诗常用的意象、辞藻和表现手法作诗。如《陶征君潜田居》云：

种苗在东皋，苗生满阡陌。

虽有荷锄倦，浊酒聊自适。

日暮巾柴车，路暗光已夕。

归人望烟火，稚子候檐隙。
问君亦何为，百年会有役。
但愿桑麻成，蚕月得纺绩。
素心正如此，开径望三益。

此诗意绪、境界即从陶潜《归园田居》《移居》等表现田园生活感受的诗中来。又《归去来分辞》中有"童仆欢迎，稚子候门"和"或命巾车，或棹孤舟"等句。江淹拟陶，不但领会其意绪，学得其神气、韵味，还用他诗、文中常用的词汇、句式和表现手法作诗，故能再现其诗美而得其诗风。像此诗，就连苏轼也以为就是陶诗，很认真地写了和诗。严羽说："拟古惟江文通最长，拟渊明似渊明，拟康乐似康乐，拟左思似左思，拟郭璞似郭璞，独李都尉一首，不似西汉耳。"（《沧浪诗话》）其实，江淹拟古也是一种创造。拟作表达的意绪，固然出自前人原作，但也融入了他自己的人生体验。至于诸多体现原作诗风的佳句（如《休上人怨别》中的"日暮碧云合，佳人殊未来"），更是江淹精心构思的结果。

和《杂体诗三十首》着意显现诸家诗风不同，《效阮公诗十五首》主要是学《咏怀》诗风发作者感时之叹。江淹《自序传》云："宋末多阻，宗室有忧生之难。王初欲羽檄征天下兵，以求一旦之幸。淹尝从容晓谏，言人事之成败。每曰：'殿下不求宗庙之安，如信左右之计，则复见麋鹿霜栖露宿于姑苏之台矣。'终不以纳，而更疑焉。及王移镇朱方也，又为镇军参事，领东海郡丞。于是王与不逞之徒日夜构议，淹知祸机之将发，又赋诗十五首，略明性命之理，因以为讽。"其《效阮公诗十五首》有云：

岁暮怀感伤，中夕弄清琴。
戾戾曙风急，团团明月阴。
孤云出北山，宿鸟惊东林。
谁谓人道广，忧慨自相寻。
宁知霜雪后，独见松竹心。

——《效阮公诗十五首》其一

白露淹庭树，秋风吹罗衣。
忠信主不合，辞意将诉谁？
独坐东轩下，鸡鸣夜已晞。
总驾命宾仆，遵路起旋归。
天命谁能见，人踪信可疑。

——《效阮公诗十五首》其三

假乘试行游，北望高山岑。
翩翩征鸟翼，萧萧松柏阴。
感时多辛酸，览物更伤心。
性命有定理，祸福不可禁。

唯见云际鹄,江海自追寻。

——《效阮公诗十五首》其十三

至人贵无为,裁魂守寂寥。
唯有驰骛士,风尘在一朝。
舆马相跨跃,宾从共矜骄。
天道好盈缺,春华故秋凋。
不知北山民,商歌弄场苗。

——《效阮公诗十五首》其十五

《效阮公诗十五首》实有两种旨趣:一写诗人劝谏建平王刘景素不果的忧虑、慨叹,如上引其一、其三所言;二乃"略明性命之理,因以为讽",如上引其十三、其十五所言。两类诗都不明言其事,前者仅言深切感受,后者仅"略明"其理,因而诗风含蓄而近于阮诗的"深于寄托""旨趣遥深"。弱点则如陈祚明所说:"(其)规古力笃,尤爱嗣宗,偶得苍秀之句,颇亦邃诣。但意乏圆融,调非宏亮。"(《采菽堂古诗选》卷二十四)

比较而言,颇能显出江淹本色的,是他仕途失意时的抒情诗和伤逝之作。其诗有云:

奉义至江汉,始知楚塞长。
南关绕桐柏,西岳出鲁阳。
寒郊无留影,秋日悬清光。
悲风桡重林,云霞肃川涨。
岁晏君如何?零泪染衣裳。
玉柱空掩露,金樽坐含霜。
一闻苦寒奏,再使艳歌伤。

——《望荆山》

岑崟蔽日月,左右信艰哉!
万壑共驰骛,百谷争往来。
鹰隼既厉翼,蛟鱼亦曝鳃。
崩壁迭枕卧,崭石屡盘回。
伏波未能凿,楼船不敢开。
百年积流水,千岁生青苔。
行行讵半景,余马以长怀。
南方天炎火,魂兮可归来!

——《渡泉峤出诸山之顶》

佳人永暮矣,隐忧遂历兹。
宝烛夜无华,金镜昼恒微。
桐叶生绿水,雾天流碧滋。
蕙弱芳未空,兰深鸟思时。

湘醽徒有酌，意塞不能持。

——《悼室人诗十首》其一

颢颢气薄暮，蔌蔌清衾单。
阶前水光裂，树上雪花团。
庭鹤哀以立，云鸡肃且寒。
方冬有苦泪，承夜非膏兰。
从此永黯削，萱叶焉能宽？

——《悼室人诗十首》其七

《望荆山》写于诗人出狱之后，前往襄阳就任巴陵王右常侍途中，《渡泉峤出诸山之顶》写于诗人前往建安吴兴的贬谪途中，二诗均借望中山景写心中愁怨之情。同抒愁怀、发忧生之嗟且借景言之的，尚有《迁阳亭》《赤亭渚》等。其《悼室人诗十首》悼念刘氏夫人，情真意切，也多兼用景语、情语以言之。

除擅长写景、以景传情外，江诗造句追求偶对倾向较为突出。除上引诗篇外，《赤亭渚》中的"水夕潮波黑，日暮精气红。路长寒光尽，鸟鸣秋草穷。瑶水虽未合，珠霜窃过中"。《渡西塞望江上诸山诗》中的"潺湲夕涧急，嘈嘈晨鹍鸣。石林上参错，流沫下纵横。松气鉴青蔼，霞光铄丹英"。《游黄檗山》中的"残杌千代木，廧崒万古姻。禽鸣丹壁上，猿啸青崖间"等都是工对之句。和鲍照相比，江淹抒发牢骚虽归于愁怨，不像鲍照言词愤激，终不掩本色，句求偶对则二人相同，故前人有"江、鲍"之称。就句求偶对、偏重声色而言，称江、鲍为元嘉体和永明体之间的过渡性诗人，是适宜的。

钟嵘说："文通诗体总杂，善于模拟。"(《诗品》卷中)，陈绎曾也说："（其）善观古作，曲尽心手之妙，其自作乃不能尔。"(《诗谱》) 两家均只肯定江淹拟古近真的本事，并不认为他将拟古所得前人艺术经验用到自己的创作中而取得很高成就。刘熙载更是明言："（其）虽长于杂拟，于古人苍壮之作亦能肖吻，究非其本色耳。"(《艺概·诗概》)。其看法大体正确。要之，江淹"自作"本色，多显现在那些抒怨写悲而诗风前绍元嘉体、后启永明体的作品中。

四、南朝乐府民歌

南朝乐府民歌今存四百多首，大都保存在《乐府诗集》清商曲辞中。计有吴歌三百二十六首，神弦歌十八首，西曲一百四十二首。南朝民歌几乎全部是表现青年男女的爱情生活的，或写彼此间的爱慕，或写会面时的愉悦，或写离别时的依恋，或写别后的相思，或写被迫中断爱情的痛苦，或写对负心人的诅咒。南朝民歌反映了青年男女冲破礼教束缚，追求恋爱、婚姻自由的愿望，有明显的进步意义。但将它和汉乐府相比，它所反映的社会生活就显得过于狭隘。

南朝民歌几乎全是情歌，有两个原因：一在于民间，二在于统治阶层。首先，晋、宋以来，长江流域得到进一步的开发，成为富庶之区，中下游形成了不少繁荣的城镇。这一带山川明媚，风物幽美，随着物质生活的优裕，"民间竞造新声杂曲"（《南齐书·王僧虔传》）以抒性情。《南史·循吏传》形容当时的社会风气说："凡百户之乡，有市之邑，歌谣舞蹈，触处成群。""都邑之盛，士女昌逸，歌声舞节，袨服华妆，桃花绿水之间，秋月春风之下，无往非适。"在这样的社交活动中，恋歌艳曲自会大量涌现出来。

其次，南部统治者大多骄奢淫逸。"扰杂子女，荡悦淫志，充庭广奏，则以鱼龙靡漫为瑰玮，会同享觐，则以吴趋楚舞为妖妍。纤罗雾縠侈其衣，疏金镂玉砥其器。在上班赐宠臣，群下亦从风而靡。王侯将相，歌伎填室；鸿商富贾，舞女成群。竞相夸大，互有争夺，如恐不及。"（《太平御览》引裴子野《宋略》）为适应这种"社会需要"，那些"荡悦淫志"的歌词自会大量产生。上层统治者的喜爱，尤其是带头创作，使得这类歌词数量增加，并得以广为流行。东晋末年，南渡的士族就对吴声的艳冶颇为喜爱，当桓玄问羊孚"何以共重吴声"时，羊孚即答："以其妖而浮。"（《世说新语·言语》）南朝上层统治者周围（包括宫廷）聚集了许多寒人（地主和商人），寒人，特别是其中的商人十分喜爱吴声、西曲（其中许多反映了商人、贾客的情爱生活）。受寒人（主要指商人）的影响，自宋至陈，许多皇帝、亲王都喜欢这类民歌的情调，因而不断拟作。最早拟作此类民歌的皇帝是宋少帝，他的侄儿宋孝武帝不但拟作，还把包括吴舞、西曲在内的"杂舞""淫声"作为宫廷正式音乐。宋代尚有"隋王诞在襄阳造《襄阳乐》，南平穆王为豫州造《寿阳乐》，荆州刺史沈攸之又造《西乌夜飞》，哥（歌）曲并列于乐官，歌词多淫哇不典正"（《宋书·乐志》）。而南齐东昏侯直到被杀之夜尚"在含德殿，吹笙歌作女儿子（西曲之一）"（《南齐书·东昏侯纪》）。这样，南朝民歌中的情歌艳语理所当然地会成为乐府机关的收采对象，有些还会被乐府机关根据上层统治者的艺术趣味加以改造。

吴声歌实为江南民歌，产生在南朝历代都城建业一带，今存作品以东晋、刘宋时期为多。吴声歌和所有南朝乐府一样，都是先有歌词存在，然后才配上乐曲。吴声歌曲名甚多，而以《子夜歌》最为著名，如云：

始欲识郎时，两心望如一。
理丝入残机，何悟不成匹。
　　　　　　——《子夜歌四十二首》其七

今夕已欢别，合会在何时？
明灯照空局，悠然未有期。
　　　　　　——《子夜歌四十二首》其九

夜长不得眠，明月何灼灼。
想闻散唤声，虚应空中诺。
　　　　　　——《子夜歌四十二首》其三十三

侬作北辰星，千年无转移。
欢行白日心，朝东暮还西。
　　　　　　——《子夜歌四十二首》其三十六

《子夜歌》有四十二首,《唐书·乐志》言"晋有女子名子夜,造此声"。此说虽未必符合实际,但歌词的口气和它所显现的意态却酷肖女子。"其三"写女子相思至于精神恍惚,想象所爱之人在月下呼唤自家名字,忙不迭地答应一声。其痴情可以想见。

又有《子夜四时歌》,也多为人所称道:

自从别欢后,叹音不绝响。
黄檗向春生,苦心随日长。
——《子夜四时歌·春歌二十首》其二十

青荷盖渌水,芙蓉葩红鲜。
郎见欲采我,我心欲怀莲。
——《子夜四时歌·夏歌二十首》其十四

秋风入窗里,罗帐起飘飏。
仰头看明月,寄情千里光。
——《子夜四时歌·秋歌十八首》其十六

寒鸟依高树,枯林鸣悲风。
为欢憔悴尽,那得好颜容。
——《子夜四时歌·冬歌十七首》其三

《子夜四时歌》共七十五首,分别借四季景物写男女恋情。洪迈说:"自齐梁以来诗人作乐府《子夜四时歌》之类,每以前句比兴引喻,而后句实言以证之。"(《容斋随笔》)。

又如《华山畿》云:

华山畿,君既为侬死,独生为谁施?欢若见怜时,棺木为侬开!
——《华山畿二十五首》其一

未敢便相许,夜闻侬家论,不持侬与汝!
——《华山畿二十五首》其五

懊恼不堪止,上床解要绳,自经屏风里。
——《华山畿二十五首》其六

啼相忆,泪如漏刻水,昼夜流不息。
——《华山畿二十五首》其十二

一坐复一起,黄错人定后,许是不来已。
——《华山畿二十五首》其十五

相送劳劳渚,长江不应满,是侬泪成许!
——《华山畿二十五首》其十九

《华山畿》共二十五首。《古今乐录》说:"宋少帝时,南徐一士子,从华山畿往云阳,见客舍有女子年十八九,悦之无因,遂感心疾。母问其故,具以启母。母为至华山寻访,见女具说,女闻感之。因脱蔽膝,令母密置其席下,卧之当已。少日果差。忽举席见蔽膝而抱持,遂吞食而死。气欲绝,谓母曰:'葬时车载,从华山度。'母从其意。比至女门,牛不肯前，打拍不动。女曰：'且待须臾。'妆点沐浴，既而出。歌曰（见"其一"）。棺应声开，女遂入棺，家人叩打，无如之何。乃合葬，呼曰神女冢。"这是个优美的爱情故事，但《华山畿》是否由此而来，不能尽信。不过《华山畿》的歌词大都充满悲剧色彩。"其一""其三"显然是写青年男女舍生殉情，"其五""其六"则以夸张手法写痴情女子和情郎离别时、离别后的极度悲哀。

《读曲歌》共八十九首，也有一定的艺术价值，如云：

花钗芙蓉髻，双鬓如浮云。
春风不知着，好来动罗裙。
千叶红芙蓉，照灼绿水边。
余花任郎摘，慎莫罢侬莲。
怜欢敢唤名，念欢不呼字。
连唤欢复欢，两誓不相弃。
芳萱初生时，知是无忧草。
双眉画未成，那能就郎抱。
打杀长鸣鸡，弹去乌臼鸟。
愿得连冥不复曙，一年都一晓。
暂出白门前，杨柳可藏乌。
欢作沈水香，侬作博山炉。

歌词全为女子口吻，想得新奇，说得天真，字字显露出她们情感的纯朴和炽热。

再如《懊侬歌》：

江陵去扬州，三千三百里。
已行一千三，所有二千在。

《懊侬歌》共十四首，此其一，写旅人途中思归的急切心情，妙在以口语言之，自然而然，故王士祯说此诗"愈俚愈妙"（《分甘余话》）。

神弦歌是民间祀神时由女巫演唱的乐章，性质与《楚辞》中的《九歌》相同。孙吴时已有此歌，产生地点也在建业一带。南方风俗，崇尚淫祀。祀神祀鬼，必以女巫之歌舞以娱鬼神，而人们也把祀神作为一种娱乐活动。祀神的女巫能歌善舞，而且长得很美，她们演唱的神弦曲也极富生活情趣。如《圣郎曲》：

左亦不佯佯，右亦不翼翼。
仙人在郎旁，玉女在郎侧。
酒无沙糖味，为他通颜色。

"仙人""玉女"指女巫。歌用沙糖味比酒味，纯是地方俗语。又《白石郎曲》写男神："白石郎，临江居，前导江伯后从鱼。""积石如玉，列松如翠，郎艳独绝，世无其二。"《清溪小姑曲》写女神："开门白水，侧近桥梁。小姑所居，独处无郎。"均以现实中青年男女的形象、生活情趣来写所祀之神，因而这些"神"姿态美丽，情意深笃。这也是后人能以这些歌词为引子编造出许多神人恋爱故事的原因。

西曲歌产生在江、汉流域的荆（江陵）、郢（钟祥）、樊（襄樊）、邓（邓县）之间，"而其声节送和，与《吴歌》亦异，故因其方俗而谓之《西曲》"（郭茂倩《乐府诗集》）。西曲多出现在齐、梁时期，内容多表现旅人、船夫、思妇的思想感情，也有写到劳动生活的，如《采桑度》："蚕生春三月，春桑正含绿。女儿采春桑，歌咏当春曲。"较之吴歌，西曲歌境界略为开阔一些，但仍以表现爱情生活为主。格调轻松活泼，富有浪漫色彩，也是西曲的特点。比如：

布帆百馀幅，环环在江津。
执手双泪落，何时见欢还。
闻欢远行去，相送方山亭。
风吹黄檗藩，恶闻苦离声。
——《石城乐》

莫愁在何处，莫愁石城西。
艇子打两桨，催送莫愁来。
闻欢下扬州，相送楚山头。
探手抱腰看，江水断不流。
——《莫愁乐》

阳春二三月，草与水同色。
道逢游冶郎，恨不早相识。
望欢四五年，实情将懊恼。
愿得无人处，回身与郎抱。
——《孟珠》

春蚕不应老，昼夜常怀丝。
何惜微躯尽，缠绵自有时。
——《作蚕丝》

朝发桂兰渚，昼息桑榆下。
与君同拔蒲，竟日不成把！
——《拔蒲》

我去只如还，终不在道边。
我若在道边，良信寄书还。
闻欢下扬州，相送江津湾。
愿得篙橹折，交郎到头还！
篙折当更觅，橹折当更安。
各自是官人，那得到头还？
——《那呵滩》

这些民歌想象巧妙，语词新鲜，表情大胆，真切地表现出旅客、船夫、思妇的心理状态。《拔蒲》结合劳动写恋人相聚之乐，可与《诗经·卷耳》"采采卷耳，不盈顷筐。嗟我怀人，置彼周行"写相思之苦媲美。《那呵滩》其一中的"信"指信使，即送信的人。歌写女子与恋人分别时的一席话，寻思曲折，生动地映现出她当时特有的心境。"其二""其三"为男女唱答之词，二人均以船夫的生产工具为喻表达感情。女子热烈、浪漫，男子则从现实出发，显得沉着冷静。但两人对离别感到无可奈何的心情，却是一样的。

《西洲曲》是一首经过文人加工的南朝民歌，《乐府诗集》将它列入《杂曲歌辞》中。这首歌写一女子对情郎的思念，分别用与少女服饰、举止、心情相适应的四季景色来映衬她的思恋心情。诗四句一转韵，语语相承，段段相绾，应心而出，触绪而歌，缠绵宛转，俱成哀怨。诗以回忆开头，由桥而树，由树及门，由门而南塘，自然过渡。景自近而远，情由浅而深，无可奈何而托于梦，又借南风吹梦到西洲传达思恋之情，真是触物生愁，痴情难剪。歌云：

　　忆梅下西洲，折梅寄江北。
　　单衫杏子红，双鬓鸦雏色。
　　西洲在何处？两桨桥头渡。
　　日暮伯劳飞，风吹乌臼树。
　　树下即门前，门中露翠钿。
　　开门郎不至，出门采红莲。
　　采莲南塘秋，莲花过人头。
　　低头弄莲子，莲子青如水。
　　置莲怀袖中，莲心彻底红。
　　忆郎郎不至，仰首望飞鸿。
　　鸿飞满西洲，望郎上青楼。
　　楼高望不见，尽日栏杆头。
　　栏杆十二曲，垂手明如玉。
　　卷帘天自高，海水摇空绿。
　　海水梦悠悠，君愁我亦愁。
　　南风知我意，吹梦到西洲。

歌以"单衫杏子红，双鬓鸦雏色"写少女的妩媚秀气，以"门中露翠钿"写女子开门见郎，用"栏杆十二曲，垂手明如玉"写她的失望，无不形象鲜明，宛如图画。

南朝乐府民歌虽说来自民间，但主要产生于长江、汉水流域的大小城市，它们表现爱情生活（多与商业活动相关），大都缠绵悱恻，一往情深。最突出的特点是语言清新、明丽、自然，所谓"慷慨吐清音，明转出天然"，"不知歌谣妙，声势出口心"（《大子夜歌》）。虽是不加修饰的俗言俚语，却感情纯朴、真切，所用比喻新鲜生动。它不同于汉乐府以叙事见长，而以抒情为主。它篇幅短小，多以五言四句为主，对唐人绝句形成有一定的影响。

在句法上，南朝民歌最爱用双关语。这有两种情况，一是利用谐音表达情思。比如"春蚕不应老，昼夜常怀丝"（《作蚕丝》）中的"丝"与"思"双关；"低头弄莲子，莲子青如水"（《西洲曲》）中的"莲子"与"怜（爱）子"双关；"雾露隐芙蓉，见莲不分明"（《读曲歌》）中的"芙蓉"与"夫容"双关；"别后常相思，顿书千丈阕，题碑无罢时"（《华山畿》）中的"题碑"与"啼悲"双关。此外，以"藕"为配偶之"偶"，以"梧子"为"吾子"，以"箭"为"见"皆是。

二是用同声同字以表示他意。比如"理丝入残机，何悟不成匹"（《子夜歌》）中的"匹"与"匹配"的"匹"相关，"黄檗向春生，苦心随日长"（《子夜四时歌》）中的"苦心"，既指黄檗的苦心，又与相思的"苦心"双关，"遥见千幅帆，知是逐风流"（《三洲歌》）中的"风流"，既指风波流水，又与男女冶游的"风流"双关。此外以"星"为"心"，以"篱"为"离"，以"琴"为"情"皆是。用双关语是一种曲折表达感情的方式，能增强歌词的生动性，使之表情达意显得宛转，比起直说感染力更强。

五、南朝散文

南朝是骈文艺术发展的黄金期。随着骈文兴盛，散文应用范围大大缩小。在散文史上，南朝散文发展步伐无疑是迟缓的、沉重的，其创作呈现出骈体大盛时特有的艺术特点。骈文的母体是散文，当它脱离母体独立后，当然就不是散文了。但是，当散文还在孕育骈体时，即散文中含有骈文某些质素时，此类散文是不能算作骈文的。我们讲的南朝散文，有一部分就属于这种类型。另一类是彻头彻尾的散体，而且出语质朴、自然，说得清楚，带有感情。从文风传承来看，这两类散文继承的是汉、魏以来儒家散文的艺术传统，不但具有儒家艺术精神，而且具有传统儒家散文的艺术风貌。第三类散文，其艺术精神则出自玄学，艺术风貌的形成，也受到玄学审美观的影响，文风虽与东晋同类散文相近，在文章体制上却有大的突破。下面即按文体类别略言其作。

南朝四代皆有散体诏敕。如宋文帝刘义隆的《答范泰诏》《报衡阳王义季诏》，齐高帝的《敕陈显达》，梁武帝萧衍的《敕责贺琛》《与何点手诏》，陈后主陈叔宝的《手敕姚察》《敕施文庆》，皆为散体。此类散文，多词质句散，直言尽言，以至随意道来，叙事琐碎，语无择言，几如短函、便笺。如萧衍的《敕太子进食》，即谓："我此更无余痛，正为汝如此，胸中亦圮塞成疾，故应强加馐粥，不使我恒尔悬心。"

南朝散体笑表，亦代有其作。宋代谢灵运的《诣阙自理表》，为自己无罪辩护，至谓"不知微臣罪为何事……今虚声为罪，何酷如之"，怨愤迸发，溢乎言表。表中虽多四言为句，且有骈对工整者，实为散体。与此相似的，有颜延之的《上表自陈》，亦喜四言为句，实散非骈。又谢庄的《与江夏王义恭笺》，称病引退，谓"家世无年，亡高祖四十，曾祖三十二，亡祖四十七，下官新岁便三十五，加以疾患如此，当服几时见圣世"，全似口语。齐竟陵王萧子良（460—494）三篇《陈时政密启》，都是散体文字，文中罗列事实，有分析，有建议，就像今天的调查报告。梁代任昉（460—508）"尤长为笔，颇慕傅亮，才思无穷。当时王公表奏无不请焉。昉起草就成，不加点窜。沈约一代文宗，深所推挹"（《南史·任昉传》）。任氏之笔（包括笺、表、启及奏弹文字）多为骈体，其《奏弹刘整》则以散体为主。钱钟书即言："昉弹文中刘寅妻范氏上状，陈述夫弟抢物打人，琐屑觏缕，全除典雅、对仗之习。""刘妻述打骂处，颇具小说笔意，粗足上配《汉书·外戚传》上司隶解光奏、《晋书·愍怀太子传》太子遗妃书。"（《管锥编》第四册第二一○则）陈代章表高手，当推沈炯（502？—560？），不过沈表名作多为骈体，散体唯《请归养表》一篇。此表句多整齐，终为散文。其叙身世一段，则仿佛李密所言，只是惨酷过之而形容不及。如说："臣婴生不幸，弱冠而孤，母子零丁，兄弟相长，谨身为养，仕不择官……妻息诛夷，昆季冥灭。馀臣母子，得逢兴运。臣母妾刘，今年八十有一，臣叔母妾丘，七十有五。臣门弟侄，故自无人；妾丘儿孙，又久亡泯。两家侍养，余臣一人。"行文质直如此！倒也辞色相称，能以本色动人。

南朝散体论文，影响最大、艺术特色显著者，当推范缜（450？—510？）的《神灭论》。其论之作，起于对释氏因果说的辩论。齐武帝永明五年（487年），竟陵王萧子良盛宴宾客，席间"子良问曰：'君不信因果，何得富贵、贫贱？'缜答曰：'人生如树花同发，随风而堕，自有拂帘幌坠于茵席之上，自有关篱墙落于粪溷之中。坠茵席者，殿下是也；落粪溷者，下官是也。贵贱虽复殊途，因果竟在何处？子良不能屈，然深怪之'"。于是"退论其理，著《神灭论》（今存《神灭论》之初稿）"（《南史·范缜传》）。萧衍佞佛，自然容不得神灭说，故作《敕答臣下神灭论》，一方面用儒家典籍中语反驳神灭论，同时借对范文说理方式的指责，贬低其说。萧衍主张用清谈设宾主往反论难的形式说理，对梁、陈说理文艺术特色的形成，自有积极意义。但其本意，似乎是要为难范缜。不料范氏接受挑战，正式公布了用"自设宾主"反复论难的形式写就的《神灭论》。于是萧衍又让庄严寺大僧正法云组织王公朝贵和僧正六十二人，写了七十五篇文章和范缜论争，结果"无一折其锋锐"（曹思义《又上武帝启》）。诸多论难文字，受清谈艺术影响，共同特点有二：一是用自设宾主相互论难的形式结构其文。如《神灭论》系正面立论，即以三十一问答连缀成篇。将基本观点、论据分解成许多小问题，用问答形式逐一阐述。二是句为散句，语近口语，或言约旨达，或语繁意明，总以简约、明晰为主，出语有清谈风格。范论高于众论，关键是见识新颖、深刻。他认识透彻，故能以约言道破至理。加上"解难如斧破竹，析义如锯攻木"（钱钟书语），词无枝叶，语非婉曲，更为众论所不能敌。

南朝散体书作，名篇较多。宋代王微（415—453）为书喜作长篇，其《与江湛书》说拒绝江湛荐举自己为吏部侍郎的理由，虽不能与嵇康的《与山巨源绝交书》并论，但也说得意气洋洋，语势不弱。《与从弟僧绰》就像一篇谈话记录，《报何偃书》向对方诉说自家志趣，于何氏有讥讽意。《以书告弟僧谦灵》，实是以书信形式写的祭文。

时忆往事，时作哀号。酷痛烦冤，心肝摧裂。凄恻之情，溢乎言表。此书将死者作为告语对象，用书信形式，通过追忆往事抒发对死者的悼念之情，实为韩愈《祭十二郎文》写法之先导。同样能以真情动人的书作，还有陈后主的《与江总书悼陆瑜》。此书末言"以卿同志，聊复叙怀，涕之无从，言不写意"，故可视为朋友间抒怀之作。书中不但言陆瑜才学卓尔出众，还以动情的语气、生动的文字叙写作者和他生前欢乐相处的往事，为其遽逝发出悲不自胜的悲叹。作者以赏心乐事衬写伤心悲肠之情，自是益增其悲。

南朝书作既受到骈风影响，又追步汉、魏文风而显出独特散文艺术风貌的，是江淹的三篇文章，即《诣建平王上书》《报袁叔明书》《与交友论隐书》。《诣建平王上书》雪冤，《与交友论隐书》泄愤，《报袁叔明书》述怀，皆有逞性任气、一吐为快的特点。三书皆有所依傍，《诣建平王上书》出于邹阳的《上梁王书》、司马迁的《报任安书》两篇间，《与交友论隐书》取法嵇康的《与山巨源绝交书》，《报袁叔明书》学杨恽的《报孙会宗书》，文风亦与汉、魏之作相似。三书行文虽有纵横家言风格，但铺陈有节；虽泛引古人古事，却展开来说，与骈文用典有别；虽然造句时有偶对，但多寓骈于散。各书多用长句，而文气疏荡、畅达；又文字简练，言词朴质，达意而已。比较而言，《诣建平王上书》引事最多，句式整齐者多。作者上书是为了雪冤，但书中并不细辩罪状有无，只是借用他事反复诉说蒙冤的悲愤感受。另二书则立意显明，皆直言尽言，不掩情性。而句法更灵活，用语更通脱。

从上述书作可以看出，南朝朋友间袒露心迹的散体书作，即使称心而言，行文句式也受到骈体影响，而且愈到后来，影响愈大。影响很小以至不受影响的，是《诫子书》或《遗令》一类作品。宋代雷次宗（386—448）的《与子侄书》，自道平生喜好、经历，言其五十以后，"远想尚子五岳之举，近谢居室琐琐之勤"，交代子侄："汝等年各成长，冠婚已毕，修惜衡泌，吾复何忧？但愿守全所志，以保令终耳。自今以往，家事大小，一勿见关。子平之言，可以为法。"可谓语无修饰，随口而言。齐代张融（444—497）的《遗令》有云："吾生平所喜，自当凌云一笑。三千买棺，无制新裘。左手执《孝经》《老子》，右手执小品《法华经》。妾二人哀事毕，各遣还家。""以吾平生之风调，何至使妇人行哭失声，不须暂停闺阁。"其人爽朗，运词少有束缚，自与其为人相称。

南朝散体书、文序亦多有名篇。张融的《门律》属家诫一类文字，其《门律自序》有云：

吾文章之体，多为世人所惊，汝可师耳以心，不可使耳为心师也。夫文岂有常体？但以有体为常，政当使常有其体。丈夫当删《诗》《书》，制礼乐，何至因循寄人篱下……吾之文章，体亦何异？何尝颠温凉而错寒暑、综哀乐而横歌哭哉？政以属辞多出，比事不羁，不阡不陌，非途非路耳。然其传音振逸，鸣节竦韵，或当未极，亦已极其所矣。汝若复别得体者，吾不拘也。吾义亦如文，造次乘我，颠沛非物。吾无师无友，不文不句，颇有孤神独逸耳。义之为用，将使性入情波，尘洗犹沐，无得钓声同利，举价如高，俾是道场，险成军路。

"夫文岂有常体"数句，自为其立论依据。由于立论超卓，称心而言，故行文洒脱。说一理，道一事，皆求尽意，而句意多转折，语气多变化，故文势不弱。萧衍的《净业赋序》则以明志为主。张溥说："梁武帝《净业赋序》，即曹孟德《述志令》也。孟德奸雄善文，自许西伯；梁武帝亦谬比汤武，大言不作。"其谓"据帝自序，绝鱼肉，断房室，欲天下知其不贪"（《汉魏六朝百三家集题辞》），不为无见。此序所明之志，实在"不贪天下"四字。

虽然序中不乏"大言不怍"语、自我标榜语，但也有实话实说者。如谓"若其逊让，必复鱼溃。非直身死名辱，亦负累显幽"即是。此与孟德直言不可交出"所典兵众"语，颇为相似。全序虽有叙事成分，终以说明为主。刘峻的《自序》总结生平遭遇，悲愤兼具，只是说得冷静，不像他的《广绝交论》锋芒毕露，极富感情色彩。但在分类条陈方面，却有一致处。

南朝各种类型的传记，皆为散体。袁淑（408—453）的《真隐传》实为寓言体，似借鬼谷责备苏、张之书，提倡一种全身远祸之术。行文简约、语词浅易。袁粲（420—478）的《妙德先生传》，写法与陶潜的《五柳先生传》同，用语不如陶传平淡、自然。全写真人真事的传记，有江淹的《自序传》《袁友人传》和萧统的《陶渊明传》。《自序传》除记江淹生平修养、习好、志趣和人生理想外，主要记述其为建平王所贬事和为齐高帝所赏爱事，辞繁事详。《袁友人传》为已故友人立传，却以论为传，纯以气胜、以情胜。《陶渊明传》引有《五柳先生传》。全篇行文事事相接，或引对话，或写举止，或概叙中做细节描写，总以叙事为主。文字简练，用语朴质，无一对句。如此遣词，既是为了传如其人、语事相称，同时也是要求得和所引《五柳先生传》文风一致。

第二节　北朝文学

一、北朝诗风和"三才"的诗歌

历史上把中国自西晋灭亡（316年）到北魏建立（386年）这一时段称为"五胡十六国"（有少数民族当政，也有汉人称帝）时期，把自北魏建立到隋文帝杨坚平陈（589年）这一时段称为北朝。

今存十六国文学资料不多。这一时期比较重要的文学作品，有前秦王嘉著的志怪小说《拾遗记》，前秦秦州刺史窦滔之妻苏蕙创作的《织锦回文诗》，前秦氐族作家苻朗著的《苻子》，诗人则有后凉的张骏、李暠等，散文家则可列出僧肇（俗姓张，著有《物不迁论》《不真空论》等哲学论文）。其中对南朝文学影响较大的是王嘉的《拾遗记》。

北魏立国约一个半世纪后，分裂为东魏和西魏。东魏建都于邺，历时十六年，为北齐（550—577）所取代；西魏建都长安，历时二十一年，为北周（557—581）所取代。北魏的最高统治者，来自鲜卑族拓跋氏。拓跋氏立国前，鲜卑族还是个游牧民族，拓跋部落尚未完全走出氏族社会，其文化比十六国落后得多。北魏文化的发展，经历了草原游牧文化和中原汉人传统文化融合的过程。途径则有二：一是鲜卑族的汉化，二是汉人（包括北方本土汉人和由南朝北上的文士）直接参与文化建设。大抵北朝文化、文学的发展，经历了三个阶段。魏孝文帝元宏即位以前为第一阶段，这是北魏上层统治者和北方汉族高门士族既融合又有剧烈冲突的时期。北魏分裂为东、西魏以前为第二阶段，这是北魏统治者加剧汉化的时期，也是北朝文学创作的繁荣期。隋文帝杨坚即位以前为第三阶段。北魏灭亡，先是东、西魏并存，不久二魏先后为北齐、北周所替代。东魏、北齐占据北魏时文化较为发达的黄河中下游，西魏、北周占据文化较为落后的关陇一带。前者诗风、文风受南朝影响颇深，后者则对南朝诗风、文风不满意，用复古手段加以抵制。

考察北朝文化、文学，不能不注意其学风。北朝承袭的主要是汉代儒生治经的学风，做学问重实证、重阐释、重推论。解经重章句训诂，而杂以谶纬占候之学。南方流行的玄学和玄学家擅长的义理思辨，并未被北方士人接受。所谓"北学深芜，穷其枝叶"（《隋书·儒林传序》）。北朝统治者重视儒学，本来出自实用政治的需要。故北人治《周官》（《周礼》）、《周易》者多。因为前者可为北朝官制建设提供帮助，后者可为士人议政、陈言提供口实，也有利于巩固北朝统治。由于重实用，北人学术视野较为狭窄，所谓"俗间儒士，不涉群书，经纬之外，义疏而已"（颜之推《颜氏家训·勉学》）。又北朝佛教流行，但人们看重的，也只是它作为宗教所特有的疗治心灵的功能，多致力于禅诵苦行，以得正果。而不像南朝僧俗爱讲经说法、辨析佛理，故北朝经学、佛学研究少有理论上的突破。受这种学风的影响，北朝诗、文写作自易接受汉代儒家所倡导的关注社会现实、富于实用的艺术精神。加上北方少数民族所处生活环境（包括地理、气候等）、所具有的民族特性（如与尚武习性相关的粗犷、强悍、爽直等）都与南人有异，故北朝文学风格的固有特色与南朝文学不同。其不同，当如魏徵《隋书·文学传序》所言：

江左宫商发越，贵于清绮；河朔辞义贞刚，重乎气质。气质则理胜其词，清绮则文过其意。理胜者便于时用，文华者宜于咏歌。此南北词人得失之大较也。

"辞义贞刚，重乎气质"应是北朝文学风格的总体特征，当然也是北朝诗风的固有特征。如下列诗篇：

人贵河间邢，不胜广平游。
人自弃伯度，我自敬黄头。
——游雅《诗》

问松林，松林经几冬？
山川何如昔，风云与古同。
——元鸷《应制赋铜鞮山松诗》

周孔重儒教，庄老贵无为。
二途虽如异，一是买声儿。
生乎意不惬，死名用何施。
可心聊自乐，终不为人移。
脱寻余志者，陶然正若斯。
——李谧《神士赋歌》

权去生道促，忧来死路长。
怀恨出国门，含悲入鬼乡。
隧门一时闭，幽庭岂复光。
思鸟吟青松，哀风吹白杨。
昔来闻死苦，何言身自当。
——北魏孝庄帝元子攸《临终诗》

怜君忆君停欲死，天上人间无可比。
走马海边射游鹿，偏坐石上弹鸣雉。
昔时方伯愿三公，今日司徒羡刺史。
——高昂《赠弟季式诗》

游雅，字伯度，小名黄头，广平人。其《诗》因"（高）允将婚于邢氏，雅劝允婚于其族，允不从"而作（《北史·游雅传》）。《应制赋铜鞮山松诗》为元勰应孝文帝元宏之制所作的"十步诗（行十步而就）"。《神士赋歌》为李谧言志之作。元子攸年二十四为尔朱兆所弑，作《临终诗》。此诗与年二十为高欢所杀的节闵帝元恭所作《诗》（《诗》云："朱门久可患，紫极非情玩。颠覆立可待，一年三易换。时运正如此，惟有修真观。"）都言及弱势帝王的人生体验。高昂为北齐侍中司徒，弟季式为济州刺史。其诗写念弟之情。上引诸诗艺术水准一般，虽谈不上出言刚劲，但在袒露心志、不掩个性和用语朴质方面，是与"词义贞刚、重乎气质"相近的。

北朝诗风固有特征显著，但随着北魏汉化加剧，南朝诗风的特质也渐渐进入北朝诗风之中。最能见出这一特点的，是北地"三才"（温子昇、邢邵、魏收）的诗歌创作。

温子昇（495—547），字鹏举，出生于济阴冤句（今山东菏泽西南）。以文才显贵于北魏，官至金紫光禄大夫、散骑常侍、中军大将军。北魏济阴王元晖业说："江左文人，宋有颜延之、谢灵运，梁有沈约、任昉，温子昇足以陵颜轹谢，含任吐沈。"（《魏书·温子昇传》）其诗颇有南朝诗风特点者，如：

长安城中秋夜长，佳人锦石捣流黄。
香杵纹砧知近远，传声递响何凄凉。
七夕长河烂，中秋明月光。
蠮螉塞边绝候雁，鸳鸯楼上望天狼。
——《捣衣诗》

素蝶向林飞，红花逐风散。
花蝶俱不息，红素还相乱。
芬芬共袭予，蔵蕤从可玩。
不慰行客心，遽动离居叹。
——《咏花蝶诗》

前诗写思妇之愁，后诗写别离之愁，都有寓情于景、借景抒怀的特点。其诗颇能显现

北朝诗风本色者,如:

少年多好事,揽辔向西都。
相逢狭斜路,驻马诣当垆。
——《白鼻䯀》

远游武威郡,遥望姑臧城。
车马相交错,歌吹日纵横。
——《凉州乐歌二首》其一

路出玉门关,城接龙城坂。
但事弦歌乐,谁道山川远。
——《凉州乐歌二首》其二

此类诗作实与北朝民歌相近。只是在造句时有语句对偶(并不严格)的倾向。

邢邵(496—?),字子才,河间鄚(今河北雄县郑州镇)人。他曾任北齐国子祭酒,加特进。魏收(505—572),字伯起,一字佛助,巨鹿下曲阳(今河北晋县)人。在北齐官至尚书右仆射,位特进。与温子昇、邢邵号称"三才"(《北齐书·魏收传》)。颜之推《颜氏家训·文章》云:"邢子才、魏收俱有重名,时俗准的,以为师匠。邢尝服沈约而轻任昉,魏爱慕任昉而毁沈约,每于谈讌,辞色以之。邺下纷纭,各有朋党。祖孝徵尝谓吾曰:'任、沈之是非,乃邢、魏之优劣也。'"北齐文士学南朝诗风、文风,各有所尚,以至各有朋党,相争不让。《北齐书·魏收传》亦云:"收每议鄙邢文。邢又云:'江南任昉,文体本疏,魏收非直模拟,亦大偷窃。'收闻,乃曰:'伊常于沈约集中作贼,何意道我偷任!'"邢邵今存诗八首。其乐府《思公子》与谢朓小诗风格相似,《七夕》则略近于梁、陈宫体。二诗云:

绮罗日减带,桃李无颜色。
思君君未归,归来岂相识。
——《思公子》

盈盈河水侧,朝朝长叹息。
不怪渐衰苦,波流讵可测。
秋期忽云至,停梭理空色。
束衿未解带,回鸾已沾轼。
不见眼中人,谁堪机上织。
愿逐青鸟去,暂因希羽翼。
——《七夕诗》

邢邵作诗讲究对偶、声律。如《冬夜酬魏少傅直史馆诗》《冬日伤志篇》均为五言长篇,而对句络绎,比比皆是。可见他学沈约之诗,除学其"用事不使人觉,若胸臆语"以外,在对偶、声律上也下过功夫。魏收作诗亦重对偶、声律,所作有如宫体者,如:

绮窗斜影入，上客酒须添。
翠羽方开美，铅华汗不沾。
关门今可下，落珥不相嫌。
——《永世乐》

春风宛转入曲房，兼送小苑百花香。
白马金鞍去未返，红妆玉箸下成行。
——《挟琴歌》

另有咏物、记游诗偶有写景妙句，如"树静归烟合，帘疏返照通"（《后园宴乐》），"神山千叶照，仙草百花荣"（《喜雨诗》），"凌寒翠不夺，迎暄绿更浓"（《庭柏诗》），皆是。大抵魏收学任在于文，其诗则受梁、陈主流诗风影响最深。

除北地"三才"外，北朝诗人效法南朝诗风而有佳作者，尚有裴让之、刘逖、祖挺、阳休之等人。而北魏胡太后（宣武帝之妃、孝明帝之母）也曾学习南朝民歌写过一首恋情诗《杨白花》。诗云：

阳春二三月，杨柳齐作花。
春风一夜入闺闼，杨花飘荡落南家。
含情出户脚无力，拾得杨花泪沾臆，
秋去春还双燕子，愿衔杨花入窠里！

《梁书·杨华传》说胡太后逼通杨华（本名白花），杨华惧及祸，率部曲降梁。胡太后追思不已，乃作此《杨白花》歌，令宫人昼夜踏足唱之。如果撇开此诗本事不论，就它用象征手法写一失恋女子对所恋之人的思恋而言，是很成功地表现了女子凄婉哀怨的感情的。

二、南北诗风的交汇

前已言及决定北朝诗歌发展走向的因素有二：一是北朝诗风的自然延续，二是南朝诗风的深度影响。后者主要表现为北朝本土诗人对南朝诗风的效仿和南朝诗人（如萧悫等）寄寓北方将其诗风带入北朝。虽然北朝有识之士有融合两种诗风以独具特色的愿望，个别诗人也有兼取南北之长的成功经验，但总的来说，在北朝诗坛，只有南北诗风的交汇，真正的融合并未完成。南北诗风融合而产生新变，直到盛唐才实现。南朝诗人寄寓北方而为北朝诗坛大添光彩的，是庾信。

庾信（513—581），字子山，庾肩吾之子。幼年聪敏，博览群书，尤精《左传》。早年与其父及徐氏父子（摛、陵）在萧纲门下任职，竞相作宫体诗，文并绮艳，时称"徐、庾体"。曾以东宫学士领建康令。侯景作乱，梁元帝都于江陵，庾信出使西魏。不久西魏攻陷江陵，梁亡，庾信遂留长安。此后相继在西魏、北周做官，官至骠骑大将军，开府仪同三司。

庾信身经侯景之乱，又目睹梁朝倾覆，羁留北方多年，纵然官高位显，但亡国之痛、乡关之思以及自己屈节仕魏、仕周的悲苦，却时时咬噬着他的心。因而诗风、赋风为之一变，既保留了早年清新流丽的特色，又显露出苍凉沉雄的气概。杜甫说"庾信文章老更成，凌云健笔意纵横"（《戏为六绝句》），"庾信平生最萧瑟，暮年诗赋动江关"（《咏怀古迹》），都讲到了庾信诗风转变的特点。要指明的是，这种转变主要是诗人经历剧变引发的，而非有意追求北朝诗风固有特色所致。

庾信早年诗作有伤于轻艳，入魏以后诗风有变，前人多用绮艳、清新、老成加以概括。三者合一，其含义当如杨慎所言："史评其诗曰绮艳，杜子美称之曰清新，又曰老成……余尝合而衍之曰：绮多伤质，艳多无骨，清易近薄，新易近尖。子山之诗，绮而有质，艳而有骨，清而不薄，新而不尖，所以为老成也。若元人之诗，非不绮艳，非不清新，而乏老成。宋人诗则强作老成，而绮艳、清新概未之见。若子山者，可谓兼之矣。"（《升庵诗话》卷九）最能代表庾信晚年诗风的作品，是《拟咏怀二十七首》。其二十七写他对梁亡的哀思：

被甲阳云台，重云久未开。
鸡鸣楚地尽，鹤唳秦军来。
罗梁犹下礌，杨排久飞灰。
出门车轴折，吾王不复回。

其三写他被迫仕魏仕周的羞辱和痛苦：

俎豆非所习，帷幄复无谋。
不言班定远，应为万里侯。
燕客思辽水，秦人望陇头。
倡家遭强聘，质子值仍留。
自怜才智尽，空伤年鬓秋。

诗人把自己比作本不欲嫁的娼妓，比作本不愿留的质子，说明自己出仕北朝实为魏、周所逼。其七写他在北地的无尽悲哀：

榆关断音信，汉使绝经过。
胡笳落泪曲，羌笛断肠歌。
纤腰减束素，别泪损横波。
恨心终不歇，红颜无复多。
枯木期填海，青山望断河。

有时，一首诗表达多种感受，其二十六：

萧条亭障远，凄惨风尘多。
关门临白狄，城影入黄河。
秋风别苏武，寒水送荆轲。
谁言气盖世，晨起帐中歌。

此诗后四句"言己入长安之后，即景伤怀，若李陵之长绝，荆卿之不还。又伤江陵之亡，同于垓下也"（倪璠《庾子山集注》）。

庾信《拟咏怀二十七首》写他的亡国之痛、乡关之思、身世之慨，情调悲凉，骨力苍劲，而又显得宛转含蓄，这与他好用典、会用典的特点是分不开的。如其四：

楚材称晋用，秦臣即赵冠。
离宫延子产，羁旅接陈完。
寓卫非所寓，安齐独未安。
雪泣悲去鲁，凄然忆相韩。
唯彼穷途恸，知余行路难。

诗写作者在北地的悲苦心情，几乎一句一典，但都用得十分贴切。其所以如此，一是诗人心中忧绪无端，纠缠盘结，使他不得不说，而身在北朝的地位又使他不得明说，只好借用典故曲折言之；二是诗人博学多闻，因而"使事则古今奔赴，述感则万比抽新"（陈祚明《采菽堂古诗选》三十三），能得心应手地用古人古事写己之性情。由于用典精密，其诗语词精约，包蕴丰富，耐人体味。

庾信诗对偶工整、自然，这一点在他的新体诗中表现得尤为突出。比如：

玉关道路远，金陵信使疏。
独下千行泪，开君万里书。
——《寄王琳》

舟子夜离家，开舲望月华。
山明疑有雪，岸白不关沙。
天汉看珠蚌，星桥视桂花。
灰飞重晕阙，蓂落独轮斜。
——《舟中望月》

促柱繁弦非《子夜》，歌声舞态异《前溪》。
御史府中何处宿？洛阳城头那得栖？
弹琴蜀郡卓家女，织锦秦川窦氏妻。
讵不自惊长泪落，到头啼乌恒夜啼。
——《乌夜啼》

这些诗从对仗、韵律、章法以及所表现的意境来看，已具备唐人律绝的面目。庾信也是加速新体诗向近体诗转化的重要诗人。

除新体诗外，庾信的古体诗也对唐人产生过重大影响，如刘熙载所说："庾子山《燕歌行》开唐初七古，《乌夜啼》开唐七律。其他体为唐五绝、五律、五排所本者，尤不可胜举。"（《艺概·诗概》）

王褒（513—576），字子渊，琅琊临沂人。原为梁臣，梁元帝降西魏，王褒被迫北入长安，与庾信同受重用。在北周官至太子少保，迁少司空。到北方后，诗风由纤弱变得质朴。由于他"荷恩眄"而"忘其羁旅"（《周书·王褒传》），诗、文成就不及庾信。但他的许多反映边塞生活的诗歌，如《关山篇》《从军行》《出塞》等，雄健、悲壮，实开唐人边塞诗之先声。另有一些诗表现故国之思，也很感人，《渡河北》即为其代表作：

秋风吹木叶，还似洞庭波。
常山临代郡，亭障绕黄河。
心悲异方乐，肠断陇头歌。
薄暮临征马，失道北山阿。

诗写作者身在异地的感受，写景叙事皆能道其思乡之愁，显现出他意绪的怅惘无依。王褒作诗，亦重对偶、声律，故"王褒五言，声尽入律，而绮靡者少……《渡河》诸作，皆有似初唐。以全集观，不能如庾之工也。乐府、七言亦近初唐"（许学夷《诗源辨体》卷十）。

三、北朝乐府民歌

北朝乐府民歌主要保存在《乐府诗集》"梁鼓角横吹曲"中，共六十多首。郭茂倩说："横吹曲，其始亦谓之鼓吹，马上奏之，盖军中之乐也。北狄诸国，皆马上作乐，故自汉以来，北狄乐总归鼓吹署。其后分为二部，有箫笳者为鼓吹……有鼓角者为横吹，用之军中，马上所奏者是也……又《古今乐录》有《梁鼓角横吹曲》，多叙慕容垂及姚泓时战阵之事，其曲有《企喻》等歌三十六曲，乐府胡吹旧曲又有《隔谷》等歌三十曲，总六十六曲。"（《乐府诗集》）由此可知，北朝乐府民歌多为军乐歌词，大抵它们自北朝传入南方，为梁乐府机关所收，就成为"梁鼓角横吹曲"了。

西晋末年以来，北朝战乱不断，人民饱受饥困流离之苦，这些在北朝民歌中都有反映。北朝民歌从多方面反映了北方各族（包括汉族）的社会生活，思想内容比南朝民歌丰富得多。如：

兄在城中弟在外，弓无弦，箭无括。
食粮乏尽若为活？救我来！救我来！
兄为俘虏受困辱，骨露力疲食不足。
弟为官吏马食粟，何惜钱刀来我赎。
——《隔谷歌》

雨雪霏霏雀劳利，长嘴饱满短嘴饥。
——《雀劳利歌辞》

快马常苦瘦，剿儿常苦贫。
黄禾起羸马，有钱始作人。
——《幽州马客吟歌辞》

东山看西水，水流磐石间。
公死姥更嫁，孤儿甚可怜。
——《琅琊王歌辞》

男儿可怜虫，出门怀死忧。
尸丧狭谷中，白骨无人收。
——《企喻歌辞》

十五从军征，八十始得归。
道逢乡里人，家中有阿谁？
遥看是君家，松柏冢累累。
兔从狗窦入，雉从梁上飞。
——《紫骝马歌辞》

《隔谷歌》和《紫骝马歌辞》从一个侧面表现了战乱给人民带来的痛苦。《雀劳利歌辞》以长嘴雀和短嘴雀为喻，说明在充满争夺的社会里，有手腕的人就可饱食，一般的人就要挨饿，《企喻歌辞》则再现了人民因战乱、灾害流离失所、转死沟壑的惨象。此外，《陇头歌辞》写游子漂泊在外的痛苦，当与《企喻歌词》有相同的社会背景。歌辞借景抒慨，声韵低沉，节奏短促，至为感人。辞云：

陇头流水，流离山下。
念吾一身，飘然旷野。
朝发欣城，暮宿陇头。
寒不能语，舌卷入喉。
陇头流水，鸣声呜咽。
遥望秦川，心肝断绝。

北朝民歌还写出了北方草原的壮美风光和游牧民族尚武尚勇的生活特性。这些歌大都具有豪放的格调、壮阔的气势，比如：

男儿欲作健，结伴不需多。
鹞子经天飞，群雀两向波。
——《企喻歌辞》

新买五尺刀，悬著中梁柱。
一日三摩挲，剧于十五女。
——《琅琊王歌辞》

健儿须快马，快马须健儿。
跸跋黄尘下，然后别雄雌。
——《折杨柳歌辞》

可怜白鼻䯀，相将入酒家。
无钱但共饮，画地作交赊。
——《高阳乐人歌》

北方男子雄健、武勇、豪爽，女子亦身手不凡，《李波小妹歌》说：

> 李波小妹字雍容，褰裙逐马如卷蓬。
> 左射右射必叠双，妇女尚如此，男子安可逢！

民歌在表现北方人民的生活环境时，更具有地方特色和民族特色。如著名的《敕勒歌》：

> 敕勒川，阴山下。天似穹庐，笼盖四野。
> 天苍苍，野茫茫，风吹草低见牛羊。

《敕勒歌》见于《杂曲歌辞》。《乐府广题》说："北齐神武（高欢）攻周玉壁，士卒死者十四五。神武圭愤，疾发。周王下令曰：'高欢鼠子，亲犯玉壁，剑弩一发，元凶自毙。'神武闻之，勉坐以安士众。悉引诸贵，使斛律金唱《敕勒》，神武自和之。"郭茂倩言"其歌本鲜卑语，易为齐言，故其句长短不齐。"歌的气势苍莽，用游牧民族的住室"穹庐（蒙古包）"形容天笼盖四野，又借风吹草低来显现掩隐在草中的牛羊，全是本地风光。

北朝民歌也歌吟爱情，但风格却与南朝民歌迥然不同。比如下列各篇写男女青年对爱情的表白：

> 谁家女子能行步，反着袂襌后裙露。
> 天生男女共一处，愿得两个成翁妪。
> ——《捉搦歌》

> 腹中愁不乐，愿作郎马鞭。
> 出入擐郎臂，蹀坐郎膝边。
> ——《折杨柳歌辞》

> 心中不能言，腹作车轮旋。
> 与郎相知时，但恐旁人闻。
> ——《黄淡思歌辞》

> 肃肃河中育，育熟须含黄。
> 独坐空房中，思我百媚郎。
> 百媚在城中，千媚在中央。
> 但使心相念，高城何所妨。
> ——《淳于王歌》

大胆的追求、直率的表白，绝无吴侬软语之风。《折杨柳歌辞》写女子希望和所爱之人形影不离的愿望，比喻巧妙而切合人物生活习性，尤具特色。《地驱乐歌辞》说"月明光光星欲堕，欲来不来早语我"，男子失约，害得女子苦苦久等，末了她只是埋怨对方没有把今夜来还是不来的准确消息告诉自己。南朝民歌《华山畿》"一坐复一起，黄昏人定后，许是不来已"，也是写一女子在男子失约时的心理活动。她也等得很久，坐立不安，反复寻思，从她的行动和猜度，正可见出吴女的缠绵悱恻，而不同于北方女子的爽朗。在写到男女得以聚合的喜悦时，北朝民歌也表现出北方女子的率真性格。如：

南山自言高，只与北山齐。
女儿自言好，故入郎君怀。
——《幽州马客吟歌辞》

恻恻力力，念君无极。
枕郎左臂，随郎转侧。
摩挱郎须，看郎颜色。
郎不念女，不可与力。
——《地驱歌乐辞》

北朝民歌有许多写到女子渴望出嫁的内容。如：
黄桑柘屐蒲子履，中央有丝两头系。
小时怜母大怜婿，何不早嫁论家计。
——《捉搦歌》

门前一株枣，岁岁不知老。
阿婆不嫁女，那得孙儿抱。
敕敕何力力，女子临窗织。
不闻机杼声，只闻女叹息。
问女何所思，问女何所忆。
阿婆许嫁女，今年无消息。
——《折杨柳枝歌》

驱羊入谷，白羊在前。
老女不嫁，蹋地唤天。
——《地驱歌乐辞》

这类民歌写大姑娘、老姑娘的苦楚，情感激切而近乎怨。她们何以不能及时而嫁，当有深刻的社会原因。北方征战不断，男丁减少，女子成了从事放牧和农业生产的劳动力，家长迫于生计，自然会年复一年地把她们留在家里。因此，这类民歌的思想意义是很强的，而它的风格也和整个北朝民歌一样，粗犷刚健，和南朝民歌的清丽宛转大相径庭。此外，北朝民歌以五言为主，但出现了七言四句的体式，还有杂言体，这对唐诗的发展起到了促进作用。

《木兰诗》是北朝最优秀的叙事民歌。前人说此诗为唐人作品，是不妥的。它产生在北朝，可能经过唐人的加工，如歌中"策勋十二转"为唐代官制，"明驼千里足"为唐代驿制，而"万里赴戎机"以下四句唐诗韵味很足。

诗写一位叫作木兰的女子女扮男装替父从军，经过十年征战，成了英雄，但她功成不受赏，仍然回到家中。诗打破了封建社会女子不能成为英雄豪杰的观念，创造出一个光彩照人的女英雄的典型，思想意义很强。诗从木兰的沉思、叹息写起，写出生活矛盾带给她的苦恼。她决定代父出征，显示出她是生活中的强者，有着过人的勇敢精神和智慧。接着以极精省的笔墨写她十年战斗、胜利而归。最后借家人的满心欢喜、伙伴的惊惶烘托出木兰形象的伟大。末四句以双兔为喻，抒写木兰自豪、喜悦心情，她说自己的成功仅仅在于乔装得令人雌雄难辨，把不平凡的事说得如此平淡，真是天真、纯朴。诗句令人回味，使这位女英雄的形象显得更加可敬可爱。

《木兰诗》叙事繁简得当，抒情性强。它是叙事诗，但抒情色彩浓。在便于抒情的地方，作者尽力叙写，不便于抒情的地方就惜墨如金。如诗中不写木兰如何女扮男装，却大写她在市场上精心选购军马的情况："东市买骏马，西市买鞍鞯。南市买辔头，北市买长鞭。"这里渲染出一种忙碌气氛，显示出木兰出征前心情的激动。又如诗中仅用六句话就交代了木兰戍边的经历，至于战争如何进行，她如何出生入死杀敌立功，则一笔带过。但写到她凯旋时，却把爷娘姊弟的举动一一描写出来。在这之中，又省去了家人和她如何见面、问长问短的细节，只是抓住最能表现他们喜悦心情而又符合人物身份、性格的典型行为来写。《木兰诗》叙事的繁简全是根据抒情的需要安排的。诗中多用排比、复沓句式营造气氛，以增强艺术效果。诗中对木兰备马备鞍的描写、对家人迎接木兰归来的描写以及木兰回家后对她恢复女妆的描写，都是这类句法。如"爷娘闻女来，出郭相扶将；阿姊闻妹来，当户理红妆；小弟闻姊来，磨刀霍霍向猪羊"，合家欣喜，举动各异。而句子的连贯而下，相同方式的描叙，使读者也受到喜庆气氛的感染。

全诗围绕着"木兰是女郎"的特点来创造人物形象。叙事诗是故事的歌唱，它必须塑造出鲜明的人物形象。《木兰诗》歌唱的是一位传奇式的女英雄，她具有勇敢、机智的特点和敢于奋斗的精神，但又不失女孩儿家的本色。诗开篇写她从事纺织工作，见到军帖后缜密地思虑以及毅然决定代父出征，都极符合女子的身份和心理，显出她的善良和聪明。中间写行军时，木兰"不闻爷娘唤女声，但闻黄河流水鸣溅溅"；写到边地后，木兰"不闻爷娘唤女声，但闻燕山胡骑声啾啾"，这里一方面是用家庭生活的宁静、温暖衬托军旅生活的艰辛、险恶，同时也是写木兰对父母的思念。这种思念是一个远离故乡、来到陌生环境的女孩子所不可免的。下写她功成不受赏，"愿驰千里足，送儿还故乡"，也是为了突出木兰作为劳动妇女的纯朴性格。至于篇末细写木兰恢复女装后，伙伴们的惊惶："不知木兰是女郎"，就不是一般地写木兰的女性特点，而是饱含着作者对她的崇敬之意。

四、北朝散文

北朝文学发展有三大特点：一是以儒学为本，二是强调实用，三是崇尚朴质、简直的文风。北朝散文的发展，在这三方面显得尤为突出。事实上，北朝文士对散文写作的重视远胜于诗、赋创作。北朝散文创作成就不但高于北朝诗、赋成就，而且散文创作的繁荣远非南朝所能及。其标志性成果，除著述散文"北朝三书"（《水经注》《洛阳伽蓝记》和《颜氏家训》）外，尚有数量可观的单篇散文。

（一）北魏的单篇散文

北魏散文的发展，太和（477—499）以前和太和（含太和）以后的情形不同，以前文风质朴，以后文风典丽。

太和以前的单篇散文，多出自帮助拓跋氏吸纳汉文化的汉族知识分子。他们的文风，带有适应鲜卑民族游牧文化心态的特点，带有适应鲜卑民族粗犷、豪放、质朴、热情特性的特点。因而他们所继承的，主要是两汉、魏、晋以平实、实用为重要特征的儒家散文的艺术传统。鲜卑族作家文风的形成，自然也受到这种艺术传统的影响。

孝文帝以前，北魏几代帝王的诏令，多数当出自汉族文士。此类散文用语质朴、简直，句散意明，偶有整齐句子，颇有西汉诏令风味。如道武帝的《天命诏》、明元帝的《诏赐王洛儿诏》、文成帝的《惩牧守贪秽诏》、献文帝的《报于阗国王诏》等，皆能语事相称。告语对象不同，行文语气亦有变化。

太武帝拓跋焘在位29年，所发诏令，有些可能出自己之手，因而较有个性。少数字挟风霜，语气凌厉，如著名的《灭佛法诏》即是。但多数出语通脱，用字浅易。有的如同与人对语，行文如书，但言语中颇能显出其帝王身份、至尊威势。这种文风也反映在他的书作中。如《又与宋主书》，云：

彼此和好，居民连接，为日已久。而彼无厌，诱我边民。其有往者，复之七年。去春南巡，因省我民，即使驱还。

自天地启辟以来，争天下者，非唯我二人而已。今闻彼自来，设能至中山及桑乾川，随意而行，来亦不迎，去亦不送。若厌其区宇者，可来平城居。我往扬州住，且可博其土地，伧人谓换易为博。

彼年已五十，未尝出户，虽自力而来，如三岁婴儿，复何知我鲜卑常马背中领上生活？更无余物以相与，今送猎白鹿马十二匹，并毡药等物。彼来马力不足，可乘之。道里来远，或不服水土，药自可疗。

书中"彼"，指宋文帝刘义隆。拓跋焘于太平真君十一年（450年）打到长江北岸，次年，刘义隆动员大江南北民众准备北伐。书即作于此时。书以寻常语说两国交战事，轻侮宋文帝之意，溢乎言表。又以粗豪之气运浅俗之词，语不择言，正合北朝强主口吻。

太和以前，知名汉族文士有许谦、崔宏、崔浩、高允、高闾、游雅等。他们都是各代魏主倚仗的谋略大臣，其文多为其政治活动的产物，自具实用性质。影响最大者，为"二高"。其中，高允（390—487）历事北魏五帝，出入三省五十余年，对鲜卑族的汉化起过很大的作用。允通经学，为臣耿直，敢说实话，临死不移。其为文与为人一致，故张溥言其"集中文字如《上书东宫》《谏起居室》《矫颓俗五异》及《乐平王箴论》，皆耿介有声，余皆整而不污"。又称他为北魏文风转变的前驱人物，谓其"虽逊步崔公（浩），而开疆刑（邵）、魏（收），固当日之先正也"（《汉魏六朝百三家集题辞·高令公集题辞》）。高闾（？—502）本为车奴，崔浩荐其为官。后与高允同主政事，深为允所称赏。"闾好为文章，军国书檄诏令碑颂铭赞百有余篇,集为三十卷。其文亦高允之流,后称二高,为当时所服。"(《魏书·高闾传》)其文与高允有异者,一是论事说理,善于提挈,行文条理清楚。二是句尚整齐,喜用对句、排比句。

观察太和以后文风,不能不注意元宏、韩显宗、李冲、李彪、常景、祖莹等人之文。

元宏即孝文帝拓跋宏,一生热心提倡汉族文化。"雅好读书,手不释卷。五经之义,览之便讲。""史传百家,无不该涉。善谈庄、老,尤精释义。才藻富赡,好为文章。诗赋铭颂,在兴而作。有大文笔,马上口授,及其成也,不改一字。自太和十年已后,诏册皆帝文也。自余文章,百有余篇。"(《北史·魏本纪·高祖孝文帝》)

元宏尝诏令官民"直言极谏,勿有所隐,务令辞无烦华,理从简实"(《令官民各上便宜诏》)。他自己起草的诏令,大都能做到"辞无烦华,理从简实"。常是直言其事,用语亦浅显、质朴。只是言及重大问题时,说理时喜作一二对句。从元宏为文既尚朴质、又喜典雅可以看出,他的文风既保留了北魏散文简实、朴质的特点,又采用了魏、晋散文注重形式美的一些艺术技巧(如四言为句,以至构成骈对)。但无论其文如何"典雅",总以用字浅易、辞无烦华、句式疏散、出语自然为主要特征。

韩显宗(?—499)的《上书陈时务》和《上言时务》,都是分条言事,前言三事,后言六事,条理分明,说得深刻、集中。而每说一事,观点鲜明,对时政之弊敢于揭露、批评。出语尖锐,文风泼辣。

李冲(450—498)曾两次上表弹劾李彪。第二表说李彪罪状,从其初识李彪说起,尽言彪之"长处"和自己对他的钦佩之意。对其才干、为官刚直都极力形容。然后引一事说自己对李彪"心疑有滥","知其威虐,犹未体其采访之由、讯检之状",最后说因与其"日夕共事,始乃知其言与行舛,是己非人,专恣无忌,尊身忽物。安己凌上,以身作之过深劾他人。己方事人,好人佞己。听其言,同振古忠恕之贤;校其行,是天下佞暴之贼"。行文貌似以作者对李彪的认识过程为序,实则用了先扬后抑的艺术手法。而前言李彪"长处"充分,后言罪状自然令人可信。此文气盛语激,直从东汉末年骨鲠之臣弹文中来。

李彪(生卒年不详)的散文,颇有东汉中期儒家散文的气象,和雅茂密,意度宏远,条畅明达。其《表上封事七条》,分条陈述。说理言事,或引经据典,或称说史事,或概言时事,或罗列数字,言之甚详。其《求复修国史表》,也是遍引经传文字(还引了张衡赋中语)和叙说汉以上史事以作论。文字繁复,至有深芜之弊。说理叙事,也好铺陈,作排比。

和高允一样,李彪行文好用助词,尤其是"矣""也"用得多。而用"矣""也",常取"……则……矣"和"……者……也"句式。如《表上封事七条》第一条就连用十三个"……则……矣"句,《求复修国史表》说孝文帝"有大功二十",即连用二十个"……者……也"句。选用"矣""也"妙传决断语气,自使文势不弱。而多用包括"矣""也"在内的各种语助词,也反映出李彪散文句散语缓、意尽于词的特点。

大概宣武帝在位时,北魏文风仍以质朴、简实为主,孝明帝即位,文风便有了大的变化。此时南方骈文大盛，北方文士为文也受到南方文风的影响。如常景(《图古像赞述》)、袁翻(《选边戍事议》)，不但行文铺彩摘文，句式整齐，用典隶事，还注意到声韵的美。

后出的温子昇，已是很成熟的骈文家，文笔传于江南，以至梁武帝称之曰："曹植、陆机复生于北土。恨我辞人，数穷百六。"(《北史·文苑传》)子昇之外，一般人作文都比较注意句式的美。疏表之作，尽管语词浅易，却句尚整齐。或径直骈对，或纳对句于长句中。即如拓跋熙狱中所作《与故知书》，直抒胸臆，亦有语必择词、不废文采的特点。

(二) 东魏、北齐和西魏、北周的单篇散文

东魏、北齐，是北朝散文加剧骈化的时期。之所以如此，外在原因是高氏政权排斥以至仇视汉人和汉文化，造成"鲜卑共轻中华朝士"的局面，使得北朝士族对南朝礼乐文化更为向往。所谓"江东有一萧衍老翁者，专事衣冠礼乐，中原士大夫望之，以为正朔所在"(《北齐书·杜弼传》)。正是这种文化上的认同感、归属感，促使他们接受、仿效南方的文风。内在原因则是经历过长时期的南北文化交融之后，北方文士的文学修养不断提高，散文创作必然会在经过一个崇尚朴质、简实文风的阶段后，向追求语言形式美的方向发展。在这种背景下，纳骈于散便成为此时散文写作的突出特点。像祖鸿勋的《与阳休之书》，即为显例。其云：

阳生大弟：吾比以家贫亲老，时还故郡。在本县之西界，有雕山焉。其处闲远，水石清丽，高岩四匝，良田数顷。家先有野舍于斯，而遭乱荒废，今复经始，即石成基，凭林起栋。萝生映宇，泉流绕阶。月松风草，缘庭绮合。日华云实，傍沼星罗。檐下流烟，共霄气而舒卷；园中桃李，杂椿柏而葱蒨。时一褰裳涉涧，负杖登峰，心悠悠以孤上，身飘飘而将逝，杳然不复自知在天地间矣。若此者久之，乃还所住。孤坐危石，抚琴对水；独咏山阿，举酒望月。听风声以兴思，闻鹤唳以动怀。企庄生之逍遥，慕尚子之清旷。首戴萌蒲，身衣缊被，出艺粱稻，归奉慈亲。缓步当车，无事为贵，斯已适矣！岂必抚尘哉！

《与阳休之书》写对山水田园的喜好，描叙充分；作者山居之乐，溢乎言外。但他的喜好和快乐，在很大程度上是因为隐居可以全身避祸。因而从这段山水文字可以看出两点：在东魏、北齐时期，高氏政权压制汉人，排斥汉文化，北朝士人深感仕途险恶，忧患意识极重，因而用老子的无为、止足思想来改变人生方式，以求得"保其七尺，终其百年"。此其一。其二，祖氏劝休之隐于山水以避不时之祸，实与东汉末年仲长统"使居有广田良宅，背山临流"，以换得"不受时责"同一思路。行文亦如统文，"尚是田园安稳之意多，景物流连之韵少"(钱钟书《管锥编》第三册第六则)。即未能像晋、宋地记山水散文那样，从"玩物赏美"的角度，充分写出作者观览山水的"游目赏心之致"。但其写景句式的整齐，却较晋、宋地记山水文字有过之而无不及。对其文风有直接影响的，当为北魏的《水经注》和南方的山水骈文。

此时也有完全不受骈体影响的散文，如被钱基博称为"一味情真，字字滴泪而精神恺恻，为北朝第一篇文字，足与李密的《陈情表》并垂千古"(《中国文学史》第三编第四节)

的《为阎姬与子宇文护书》，即是。宇文护母阎姬及其四姑早年没于北齐，护为北周宰相，着人寻而不得。后齐与周和好，先送皇姑归周。齐王以护权重，乃留其母，以为后图。特令人为阎姬作书与护。书中有云：

> 吾自念十九入汝家，今以八十矣。吾凡生汝辈三男二女，今日目下，不睹一人，兴言及此，悲缠肌骨。赖皇齐恩恤，差安衰暮。又得汝杨氏姑及汝叔母纥干、汝嫂刘新妇等同居，颇以自适。但为微有耳疾，大语方闻，行动饮食，幸无多损。汝与吾别之时，年尚幼小，以前家事，或不委曲。昔在武川镇，生汝兄弟，大者属鼠，第二属兔，汝身属蛇。
>
> 于后吾共汝在寿阳住。时元宝、菩提及汝姑儿贺兰盛洛，并汝身四人同学。博士姓成，为人严恶，汝等四人谋欲加害。吾共汝叔母闻之，各捉其儿打之。唯盛洛无母，独不被打。后尔天柱亡岁，贺拔阿斗泥在关西，遣人迎家累。归汝叔亦遣奴来富迎汝及盛洛等。汝时着绯绫袍、银装带，盛洛着紫织成缬通身袍，黄绫裹，并乘骡同去。盛洛小于汝，汝等三人并呼吾作阿摩敦。如此之事，当分明记之。今又寄汝小时所着锦袍表一领，至宜检看，知吾含悲戚，多历年祀。
>
> 禽兽草木，母子相依。吾有何罪，与汝分隔？今复何福，还望见汝！世间所有，求皆可得，母子异国，何处可求！假汝位极公王，富过山海；有一老母，八十之年，飘然千里，死亡旦夕，不得一朝暂见，不得一日同处，寒不得汝衣，饥不得汝食，汝虽穷荣极盛，光耀世间，汝何用为？于吾何益？吾今日之前，汝既不得申其供养，事往何论。今日以后，吾之残命，唯系于汝。尔戴天履地，中有鬼神，勿云冥昧，而可欺负。

此书代笔者揣摩透了阎氏心理，十分熟悉阎氏母子早年的生活经历。行文全用老母声口语气，先絮絮对往事的回忆，特细写宇文护等四同学因欲谋害博士而挨打事（"唯盛洛无母，独不被打"）。再用铺叙手法诉说老母恋子之情、渴望母子相见之心。用语极为朴质、平易，时有口语。因是文士代笔，亦偶有雅词一二。书终以情真意切、直言不文取胜，"自是感荡心灵之文"。以至钱钟书先生说："欧阳修尝言：'晋无文章，惟《归去来兮辞》，窃欲言北齐无文章，惟《为阎姬与子宇文护书》，可乎？'"（《管锥编》第四册第二五六则）史载，宇文护"得书悲不自胜，左右莫能仰视"，作书以报。护答书亦言母子离别之苦，尽道思母、念母、欲见其母之心。情真意切并不亚于来书，只是说思母之情而不得不顾及周、齐关系，使得抒情难以尽怀而意有旁溢。而用语雅练、句式整齐者多，不如来书质直、简易。

和东魏高氏政权恢复鲜卑文化，压制、排斥汉人和汉文化不同，西魏宇文氏政权坚持的是孝文帝积极吸纳汉文化、推进政治改革的方针。而宇文泰和他的一班重臣多是北镇武人，文化修养很差。这样便带来西魏乃至北周文学发展中一个突出的矛盾现象，即一方面宇文氏十分尊重南来的文士，同时又通过复兴上古文风来扫荡南朝文风。

这种矛盾现象的出现，自与宇文泰这样做的政治动机和个性特点分不开。宇文泰"崇尚儒术"，"性好朴素，不尚虚饰，恒以反风俗、复古始为心"（《北史·周本纪》）。他对南朝文风和北魏因学南而出现的渐尚华靡的文风是不喜欢的（这也是他那一班文化水准不高的大臣们的态度）。他对南来世族文士恩礼有加，只是用来装点门面，并没有利用他们传播、弘扬南朝文风的意思。而他赞成复兴上古文风，是因为这符合他以仿效商、周古制为特点的政治改革思路。宇文泰、苏绰复兴上古文风，虽然用了行政手段，但并未能使骈体消失，也未能扭转骈体盛行所带来的华靡文风。许多人（包括宇文泰诸子）仍然热心于骈文写作。如赵翼所说："周时虽暂用古体，而世之为文者，骈偶自如，风会所开，聪明日启，争新斗巧，遂成世运，固非功令所能禁也。"（《廿二史札记》）虽然如此，宇文泰、苏绰倡导散文复古，对推动散文艺术发展是有意义的。至少，在如何继承古代散文艺术传统以改革文风方面，为后人积累了经验。

另外，和宇文泰、苏绰托古改制取得成效一样，文风复古在一个时期内确实产生了一定影响。史载："自有晋之季，文章竞为浮华，遂成风俗。太祖欲革其弊，因魏帝（西魏文帝元宝炬）祭庙，群臣毕至，乃命绰为《大诰》，奏行之……自是之后，文笔皆依此体。"（《北史·苏绰传》）刘知几说当时不但朝廷公文、军国词书皆准《尚书》，就连史臣修史也受到影响。今日可见的"大诰体"公文，尚有《隋书·百官志》所录后周禄秩之文。此次复古不但产生了一批大诰体的散文，而且在一定范围内使北魏崇尚朴质、简实、实用的散文艺术传统得以恢复，出现了不少文风简朴的作品。

由于政府的提倡，当时最受人注意的散文自是苏绰的《大诰》。苏绰是宇文泰的政治谋士，其人既重儒学，又通申、韩之术。故为文尚质、尚用，对北魏后期文渐华靡甚为不满，早有改革之意。大统十年（544年），北雍州献白鹿，群臣欲贺，绰即命其记室柳庆作表。谓"近代以来，文章华靡，逮于江左，弥复轻浮，洛阳后进，祖述不已。相公（宇文泰）柄民轨物，君职典文房，宜制此表，以革前弊。"（《北史·柳庆传》）其为《大诰》，亦有矫弊之意。

《大诰》行文方式和用语的古奥、简约，皆仿《尚书》。

文章主体部分均用"皇帝若曰"引出皇帝对百官的诰命之词，八段言词除首、尾二段作泛论及致命官、叮嘱之意外，六番言词都是各有一种告语对象（不同阶级的官员）。文章最后记述的是柱国宇文泰及百僚表示恭承圣命的话。此文的好处是直接用"皇帝若曰"引出皇帝诰词，一类官员一段嘱词，层次分明，省却许多过渡文字。又每段命词，内容集中，且能显出皇帝切望之意，行文不乏温润之美。虽然其中不少文字简奥、艰涩，但也有出语浅近、明畅者。如云：

皇帝若曰：庶邦列辟，汝惟守土，作人父母。人惟不胜其饥，故先王重农；不胜其寒，故先王贵女工。人之不率于孝慈，则骨肉之恩薄；弗惇于礼让，则争夺之萌生。惟兹六物，实为教本。呜呼！为上在宽，宽则人怠，齐之以礼，不刚不柔，稽极于道。

苏绰散文，与此段文字风格相近的，还有他的名作《六条诏书》。文中所说六事（先修心、敦教化、尽地利、擢贤良、恤狱讼、均赋役），实为宇文泰改革时政的纲要，以至其"常置诸左右，又令百司习诵之，其牧守、令长非通六条及计账者，不得居官"（《北史·苏绰传》）。其文说理平实、严密、简明、质直，似受先秦儒、法散文艺术影响最深。

从严可均所辑《全后周文》来看，北周体若苏绰《大诰》之文极少，多是言事明白、有条理、用语朴质的散文。其《大统十三年春三月令》，实是对在朝之士提出要求，谓其"当念职事之艰难，负阙之招累，夙夜兢兢，如临深履薄"云云。令中说理文字较多，其语直义明，遣词造句亦与苏绰的《六条诏书》相似。臣下所草公文，也都有直言无隐、条理分明、用语浅近的特点。至于臣下向上陈情言己志者（如李远的《白宇文大冢宰》言辞受尚书左仆射职事），更是实话实说，不求语词赡丽。

第三节　南北朝小说

"小说"一词始见于《庄子·外物》，所谓"饰小说以干县令，其于大达亦远矣"。庄子或庄子后学讲的"小说"，实指琐屑浅薄的言论。虽然，"饰小说"可能产生接近于后来小说的作品，但《庄子》所言"小说"的本义，与作为文体概念的小说毕竟不同。从东汉文士对"小说家"的界定，可知此时论"小说"，已由注意其言论价值扩大到"小说"的表现形式和规模体制（初级状态）。桓谭即谓"若其小说家，合丛残小语，近取譬论，以作短书，治身理家，有可观之辞"（《新论》）。班固则谓"小说家者流，盖出于稗官。街谈巷语，道听途说者之所造也。孔子曰：'虽小道，必有可观者焉。致远恐泥，是以君子弗为也。'然亦弗灭也。闾里小知者之所及，亦使缀而不忘。如或一言可采，此亦刍荛狂夫之议也"（《汉书·艺文志·诸子略》）。桓谭所说"近取譬论，以作短书"，似指类乎小说的寓言的表现艺术而言；班固所说"街谈巷语，道听途说者之所造"，实已说明小说的浅薄见解和表现形式都起于民间。这种观念，在魏、晋、南北朝并无大的变化。曹植说"街谈巷议，必有可采；击辕之歌，有应风雅。匹夫之思，未易轻弃也"（《与杨德祖书》），即就出自民间的小说、歌谣的思想价值作论。刘勰说"文辞之有谐隐，譬九流之有小说，盖稗官所采，以广视听"（《文心雕龙·谐隐》），于小说有轻视之意，而道其由来、功用，却未离汉人之说。

中国古代小说最早的源头，应是神话、传说，鲁迅即谓"探其本根，则亦犹他民族然，在于神话与传说"（《中国小说史略》）。说神话、传说是小说源头，须注意三点。一是神话、传说是小说的源头，但它们并不是成熟的小说，只是具备小说的某些文学质素。二是神话、传说作为源头，主要表现在为后世小说创作提供创作母题、典型形象、故事情节和虚构、想象以及细节描写等艺术经验上。比如《穆天子传》写周天子巡行天下事，涉及的人物、故事即有出自《山海经》所载神话、传说者。三是中国神话、传说并不发达，有一些神话、传说出现，却遭到理性思维的戕害，很快陷入灭绝境地。孔子"不语乱、力、怪、神"（《论语·述而》），而儒家思想是中国长期占统治地位的思想，故神话、传说产生难，流传亦难。因而中国小说的发展显得步履维艰。

小说源头只有一个，但影响它发展的因素却有很多。魏、晋、南北朝小说至少受到过三种文体创作经验的影响。

一是先秦寓言的影响。先秦散文深于比兴，深于取象，普遍使用譬喻、寓言说理。《论语》《老子》还只是用譬喻说理，《墨子》《孟子》就用寓言说理了。《庄子》所用寓言多达二百则，《吕氏春秋》有寓言二百多则，《韩非子》有寓言三百四十多则。寓言的拟人手法、塑造形象和叙述故事的艺术经验，都对小说创作有借鉴作用。

二是史传文学的影响。史传文学，尤其是史书如《史记》《汉书》《后汉书》《三国志》中的人物传记，以写人为主，不但记述了众多历史人物的生动故事，还积累了丰富的叙事写人经验，故能在创作素材和创作方法两方面给小说创作以帮助。此外，历史散文中《左传》《战国策》叙事、记言的艺术经验，也曾在小说创作中发挥过作用。

三是古代散文中叙事文字的影响。古代散文说理，常有精彩的叙事文字出现。这种情况不单见诸于先秦诸子散文，也见于汉、魏散文。其叙事写人之生动，并不亚于史传。它们对小说创作的影响，则主要表现在艺术经验的承传上。

《汉书·艺文志》曾著录"小说十五家，千三百八十篇"，但到梁时已只存《青史子》一篇。现存汉代小说有杂传野史《燕丹子》，袁康的《越绝书》、赵晔的《吴越春秋》中的有些篇章也可称为小说家言。而托名东方朔的《神异经》《十洲记》，托名班固的《汉武帝故事》《汉武帝内传》，实际上都是魏、晋人所作。

魏、晋、南北朝的小说可分为两类：一类为志怪小说，另一类为轶事小说。这两类小说的出现，是由当时的社会风气、思想特点和文学发展本身的原因所决定的。魏、晋、南北朝时期，战事频仍，社会动荡，人们想在精神上得到慰藉，于是就发展旧的传说，创造新的鬼怪故事，曲折地反映自己对理想的追求。腐朽阶层不敢面对现实，也对神仙鬼怪津津乐道，这就给志怪小说的产生和传播提供了社会基础。而佛、道的流行，宗教迷信的泛滥又给志怪小说提供了思想基础。鲁迅说："中国本信巫，秦汉以来，神仙之说盛行，汉末又大畅巫风，而鬼道愈炽；会小乘佛教亦入中土，渐见流传。凡此，皆张皇鬼神，称道灵异，故自晋讫隋，特多鬼神志怪之书。其书有出于文人者，有出于教徒者。文人之作，虽非如释道二家，意在自神其教，然亦非有意为小说，盖当时以为幽明虽殊途，而人鬼乃皆实有，故其叙述异事，与记载人间常事，自视固无诚妄之别也。"（《中国小说史略》）除从思想文化角度论述志怪小说兴盛的原因外，鲁迅还透辟地说到魏、晋以来社会上品评人物、侈谈玄理的清谈风气对轶事小说的影响。他说："汉末士流，已重品目，声名成毁，决于片言，魏晋以来，乃弥以标格语言相尚，惟吐属则流于玄虚，举止则故为疏放，与汉之惟俊伟坚卓为重者，甚不侔矣。盖其时释教广被，颇扬脱俗之风，而老庄之说亦大盛，其因佛而崇老为反动，而厌离于世间则一致，相拒而实相扇，终乃汗漫而为清谈。渡江以后，此风弥甚，有违言者，惟一二枭雄而已。世之所尚，因有撰集，或者掇拾旧闻，或者记述近事，虽不过丛残小语，而俱为人间言动，遂脱志怪之牢笼也。"（《中国小说史略》）

就文学发展本身而言，这时期的小说乃是对古代神话、传说、寓言的继承和发展。比如先秦有《山海经》，这时便有《神异经》《十洲记》；先秦有《穆天子传》，这时便有《汉武帝故事》。比如西王母这个形象在《山海经》中还是"人面虎身，有文有尾，皆白处之"，"西王母其状如人，豹尾虎齿而善啸"，可在《汉武帝内传》等书中已成了仙姑美女。另外，如前所言，先秦史书、子书以及汉、魏散文中的有关叙事写人的艺术经验，也对这个时期志怪小说、轶事小说的创作产生过直接影响。

志怪小说的内容很杂，其中有记述关于地理、博物的琐闻的，如托名东方朔的《神异经》《十洲记》和张华的《博物志》即是。严格地说，这类书并不具备小说的情节和人物形象，只是一些见闻记录。如《博物志》卷二有这样两条：

《周书》曰：西域献火浣布，昆吾氏献切玉刀。火浣布污，则烧之即洁，刀切玉如腊。布，汉世有献者，刀则未闻。

临邛火井一所，从广五尺，深二三丈。井在县南百里。昔时人以竹木投以取火，诸葛丞相往视之，后火转盛热，盆盖井上，煮盐得盐。入以家火即灭，讫今不复燃也。酒泉延寿县南山名火泉，火出如炬。

还有的是记述历史人物的传闻，托名班固的《汉武帝内传》《汉武帝故事》就是专记汉武帝生前死后的轶事的。二书神怪色彩浓厚，在很大程度上暴露了汉代宫廷生活荒淫腐朽的内幕。

志怪小说写得最多而又写得最好的是记述有关神鬼怪异的故事。曹丕的《列异传》中的《谈生》，写一穷书生和大族王姓女的鬼魂结合，最后被王家召为"主婿（郡主之婿）"；《宋定伯》写少年宋定伯捉鬼卖鬼的故事，都有一定的社会意义和思想意义。《望夫石》更以简洁的笔墨记述了一个古老而又优美的传说：

武昌新县北山上有望夫石，状若人立者。昔有贞妇，其夫从役，远赴国难，妇携幼子，饯送此山，立望而形化为石。

其他如王嘉的《拾遗记》，王浮的《神异记》，王琰的《冥祥记》，刘义庆的《幽明录》《宣验记》，刘敬叔的《异苑》，吴均的《续齐谐记》，颜之推的《冤魂志》以及托名陶潜的《搜神后记》和干宝的《搜神记》都是记述神仙、方术、佛法灵异、鬼怪异闻（兼及人事）的集子。它们的记述已初具小说的规模，有的文字流丽，诗、文结合，充满浪漫色彩。众书中影响最大的，是干宝的《搜神记》。

最早出现的轶事小说当推东晋葛洪（284—364）的《西京杂记》。此书杂载人间琐事，文笔隽洁。书中写王昭君、卓文君等历史人物的轶事，形象鲜明，取材典型，语言华美。如：

司马相如初与卓文君还成都，居贫愁懑，以所着鹔鹴裘就市人阳昌贳酒，与文君为欢。既而文君抱颈而泣曰："我平生富足，今乃以衣裘贳酒！"遂相与谋，于成都卖酒。相如亲著犊鼻裈涤器，以耻王孙。王孙果以为病，乃厚给文君，文君遂为富人。文君姣好，眉色如望远山，脸际常若芙蓉，肌肤柔滑如脂。十七而寡，为人放诞风流，故悦长卿之才而越礼焉。

葛洪又有《汉武帝故事》，记汉武帝刘彻生平事，不少故事生动有味，如云：

上尝辇至郎署，见一老翁，须鬓皓白，衣服不整。上问曰："公何时为郎？何其老也！"

对曰:"臣姓颜名驷,江都人也,以文帝时为郎。"

上问曰:"何其老而不遇也?"驷曰:"文帝好文而臣好武,景帝好老而臣尚少,陛下好少而臣已老,是以三世不遇。"上感其言,擢拜会稽都尉。

专门记述人物轶事的著作有东晋裴启的《语林》、郭澄之的《郭子》以及宋时虞通之的《妒记》、梁时沈约的《俗说》,四书今已不存,类书中有些遗文。保存完整的,有梁时殷芸的《小说》(十卷)。在众多轶事小说中,思想艺术价值最高、影响最大的,是刘义庆的《世说新语》。

参考文献

[1] 戴燕. 复旦中文学术丛刊·远游越山川——魏晋南北朝文学史研究论集 [M]. 上海：复旦大学出版社，2017.

[2] 戴燕. 魏晋南北朝文学史研究入门 [M]. 上海：复旦大学出版社，2009.

[3] 傅刚. 魏晋南北朝诗歌史论 [M]. 北京：商务印书馆，2017.

[4] 龚延明. 诗说两晋南北朝史 [M]. 杭州：浙江古籍出版社，2015.

[5] 刘扬忠，蒋寅. 灵光澈照——魏晋南北朝文学中关于生死、自然、社会的思考与叙述 [M]. 石家庄：河北教育出版社，2014.

[6] 浦江清，浦汉明，彭书麟. 中国文学史稿——魏晋南北朝隋唐卷 [M]. 北京：北京出版社，2018.

[7] 台湾十八院校百位教授. 中国文学讲话·第 5 册——魏晋南北朝文学 [M]. 贵阳：贵州教育出版社，2014.

[8] 佟春燕. 唯美时代——三国两晋南北朝时期古人生活剪影 [M]. 上海：学林出版社，2016.

[9] 王焕然. 谶纬与魏晋南北朝文学研究 [M]. 郑州：河南人民出版社，2016.

[10] 王兆鹏. 中国古代文学作品选·魏晋南北朝隋唐五代卷（修订版）[M]. 武汉：武汉出版社，2014.

[11] 王振军，俞阅. 中国古代文学精品导读 [M]. 北京：中国广播电视出版社，2016.

[12] 王仲荦. 魏晋南北朝史 [M]. 上海：上海人民出版社，2016.

[13] 温洪隆，涂光雍. 先秦两汉魏晋南北朝文学揽胜 [M]. 武汉：湖北教育出版社，1988.

[14] 杨泓，李力. 魏晋南北朝文化史 [M]. 北京：新世界出版社，2018.

[15] 杨继刚，张丽君，王承斌. 魏晋隋唐文学艺术思想研究 [M]. 郑州：郑州大学出版社，2015.

[16] 姚义斌. 中华图像文化史——魏晋南北朝卷 [M]. 北京：中国摄影出版社，2016.